DIETRICH BÄCHLER

ANSCHLAG AUF GOETHE

ROMAN

Herstellung: Libri Books on Demand

ISBN   3-8911-917-3

I

Sooft sich Studienrat Wenzel Tischbein an den
Ausruf erinnerte „Achtung, d'r Goethe!", füllte
sich seine Brust mit Stolz, ja mit einem Gefühl
des Triumphes. Wie immer hatte er sich nach der
Pause der Klasse 10a auf leisen Sohlen genähert,
denn er liebte den Überraschungseffekt. Eine jäh
geöffnete Tür gab häufig Tadelnswertes frei und
Wenzel Tischbein tadelte gern. Nicht auf eine
plumpe, tierisch ernste Weise, nein, er tadelte in
sanfter Ironie, ein Kultivierter, der die Unkultur
zu veredeln trachtete.
„Wiesent, Müller, Edelmann!", rief er zum Beispiel mit hoher, näselnder Stimme. „Das Rat-
schen ist kein Daseinszweck!"
Oder zu einem Schüler, der mit dem Rücken zur
Türe auf seinem Tisch saß: „Die Hose ist rasch
durchgewetzt, wenn man sich auf die Tische
setzt!"

Solches hatte er auch im Sinn, als er an jenem
denkwürdigen Julitag die Tür zum Klasszimmer
aufriss und deutlich den Ausruf des Schülers
Edelmann vernahm: „Achtung, d'r Goethe!"
Mehrere Minuten stand Wenzel Tischbein
sprachlos vor Glück. Sie haben mich erkannt,
dachte er und errötete vor diesem Gedanken.
Wenn er so andere Spitznamen betrachtete! Den
Kollegen Johannes Weiß, zum Beispiel nannten

sie Steiß. Gemein, zweifellos gemein. Obwohl man zugeben musste, dass der Kollege nicht viel mehr an Ausdruck im Gesicht hatte. Die Kollegin Kunigunde Sennmiller riefen sie Sennkuh. Auch nicht gerade schmeichelhaft! Aber lautmalerisch gelungen, muss man zugeben.

Goethe, das hatte mit Sprachspielereien nichts zu tun. Da war geistige Verwandtschaft im Spiel.

Ein laut trompetendes Niesen des Schülers Wiesent löste Wenzel Tischbein aus seiner beglückten Erstarrung.

„Goethe", sagte er, „ist bekanntlich schon vor geraumer Zeit gestorben, jedenfalls sein Körper. Und das war in welchem Jahr, Wiesent?"

Der Aufgerufene hielt das Erlernen von Jahreszahlen für den Ausdruck einer überholten, repressiven Gesellschaft. „Ich schätze so um 1825", antwortete er mit gelangweilter Gleichgültigkeit.

„Da haben Sie Johann Wolfgang von Goethe sieben Jahre vor seinem natürlichen Ende umgebracht. Welch ein Verlust für die deutsche, ja für die Weltliteratur!"

Wenzel Tischbein hatte zu seinem Ton näselnder Herablassung zurückgefunden. Er stand aufrecht vor seiner Klasse, den linken Fuß ein wenig vor dem rechten, die Fußspitzen weit nach außen gestellt, die Hände auf dem Rücken, ganz wie er es von Goethe gelernt hatte nach jenem Gemälde des Joseph Schmeller, auf dem der Dichter seinem Schreiber John diktiert. Auch die wenig zeitge-

mäße Eigenheit, anstelle einer Krawatte ein sei-
denes Tuch im Ausschnitt der hochgeknöpften,
dunkelblauen Jacke zu kreuzen und mit goldener
Nadel zusammenzuhalten, mochte er dem geliebten Dichter abgeschaut haben.
Vor allem aber war der Kopf ganz nach dem Vor-
bild des Olympiers stilisiert. Die Stirne hoch ge-
wölbt und in der Mitte nur von wenigen dunklen
Haaren am Aufstieg gehindert, dafür an den Seiten üppig wogende Wellen, immer ein klein wenig zerzaust vom Höhenwind des Olymps, dies
auf eine vornehm – gediegene Weise allerdings,
wie die glitzernden Silberfäden im dunkelbraunen
Haar bezeugten. Dazwischen die großen dunklen
Augen; meist über die Köpfe der Schüler hinweg
in weite Fernen gerichtet, konnten sie doch auch
nachsichtige Liebenswürdigkeit vermitteln, wenn
Wenzel Tischbein zu einem der Schüler hinabsah
und ihn eines Besseren belehrte.

Wie und wann sich der Spitzname Goethe an ihn
geheftet hatte, war nicht mehr eindeutig festzu-
stellen. Wahrscheinlich hatten die Schüler ihn
nicht in erster Linie von seinem Aussehen herge-
leitet, sondern von seiner Gewohnheit, jede Un-
terrichtsstunde mit einem Goethezitat zu schmük-
ken. Das galt selbst für die Lateinstunden, die er
neben dem Deutschen zu geben hatte. Besonders
liebte er da einen Spruch aus den Zahmen Xeni-
en:

Das musst du als ein Knabe leiden,
dass dich die Schule tüchtig reckt.
Die alten Sprachen sind die Scheiden,
darin das Messer des Geistes steckt!

Meist fügte er dem hinzu: „Neuerdings wollen ja auch die Mädchen mit dem Messer des Geistes hantieren. Aber ohne Leiden geht das nicht!" und er begann unregelmäßige Verben aus den Reihen der Mädchen zu erfragen.

Man hätte daraus eine gewisse Abneigung gegen die Emanzipation der Frau, ja gegen das Weibliche überhaupt herleiten können. Dies um so mehr, als Wenzel Tischbein bereits das 40. Lebensjahr überschritten hatte, ohne in den Ehestand getreten zu sein. Auch sah man ihn nie in weiblicher Begleitung, weder beim Einkauf noch auf seinen Spaziergängen oder im Theater, das er häufig besuchte.

Wichtigtuer unter den Schülern taten sich gerne mit der Behauptung hervor „D'r Goethe isch schwul.". Mädchen, die glaubten, er schenke ihnen nicht genügend Aufmerksamkeit, wisperten, er sei „vom anderen Ufer." Aber Beweise dafür konnte niemand nennen. Jedenfalls nichts Handgreifliches. Nie hatte er einem rosigen Knaben auch nur die Wange getätschelt oder ihm bewundernde Blicke gewidmet.

Nein, Wenzel Tischbein war sich selbst genug, wenn man seine Beziehung zu Goethe außer Acht ließ. Er hatte seinen Tagesablauf genau geregelt, und da war kein Platz für den Einbruch eines eigenwilligen Anderen.

Wenn er Mittags aus der Schule in seine Zweizimmer-Wohnung zurückkehrte, holte er sich Joghurt, Banane und – je nach Jahreszeit – Birne oder Orange aus dem Eisschrank, aß hastig auf dem Küchentisch, die Tageszeitung neben sich, und packte dann seinen alten, grün-braunen Rucksack, den Sonne und Regen ausgebleicht hatten. Vorsorge traf er gegen die Unbilden der Witterung. Schildmütze und halblangen Anorak gegen den Regen im Sommer, ein zweites Paar Handschuhe, Wollschal, Zipfelmütze, ja eine wollene Gesichtsmaske, die nur Augen und Nasenlöcher frei ließ, gegen Schneesturm und Eiswind im Winter, dies alles musste in den Sack. Vor allem aber steckte er einen Band mit Goethe-Gedichten in die Außentasche. Zwei Stunden marschierte er so bepackt durch Wiesen, Felder und Wälder, rund um die kleine bayerische Stadt, in der er beheimatet war.

Den Kopf auslüften, den Staub der Schulstube aus den Lungen blasen, Goethe in der Natur erleben, das waren seine Begründungen, wenn verwunderte Kollegen es wagten, ihn nach dem Sinn seiner täglichen Wanderschaft zu fragen.

Etwa alle zehn Minuten blieb er stehen, holte den Gedichtband aus dem Rucksack und las eine

Strophe mehrmals, um sie dann im Fortschreiten aus dem Kopf zu repetieren. Dabei deklamierte er die neu gewonnene Strophe halblaut vor sich hin und unterstrich den rollenden Rhythmus mit akzentuierenden Gesten. Die wenigen Menschen, die ihm auf seinen einsamen Wegen begegneten, amüsierten sich über das Gehabe des Sonderlings und verbreiteten in der Stadt, der Professor habe nicht alle Tassen im Schrank.

Mit Dreißig waren es die großen Hymnen des Sturm und Drangs, die Tischbein memorierte.

> Wen du nicht verlässest, Genius,
> Nicht der Regen, nicht der Sturm
> Haucht ihm Schauer übers Herz.
> Wen du nicht verlässest, Genius,
> Wird der Regenwolke
> Wird dem Schloßenturm
> Entgegen singen
> Wie die Lerche
> Du dadroben.

Wenzel Tischbein schleuderte den jungen Goethe gegen Regen und Wind, die Schildmütze tief im Gesicht, den Kragen des Anoraks hochgeschlagen, und der Regen lief ihm in den vor Begeisterung weit geöffneten Mund.

Mittlerweile war sein Schritt ruhiger geworden und er bevorzugte den von der Hohen Frau sittlich geläuterten Dichter mit objektiviertem Blick. Noch immer allerdings liebte er Hymnen.

Denn mit Göttern
Soll sich nicht messen
Irgend ein Mensch!

deklamierte er nun bescheiden. Edel sei der Mensch, rief er aus, hilfreich und gut! Und wenn die frühen Abende des Spätherbstes in seinen Spaziergang fielen, blieb er stehen, sah die Nebelschleier aufsteigen und seufzte

Ach, ich bin des Treibens müde,
Was soll all der Schmerz und Lust?
Süßer Friede,
Komm, ach komm in meine Brust!

Heimgekehrt setzte er sich vor den Schreibtisch, einen Kirschholzsekretär seines Großvaters aus den Gründerjahren, dessen verschnörkelte Aufbauten er entfernt hatte, da er glatte Flächen liebte und nicht gerne mit dem Kopf gegen Schubfächer stieß. Stattdessen sah er einen Druck des Goetheporträts von Josef Stieler vor sich, gerahmt in biedermeierliches Kirschholz.

Von 17 bis 19 Uhr korrigierte er hier lateinische Klassenarbeiten oder Deutschaufsätze seiner Schüler und überlegte sich den Aufbau seines Unterrichts für den kommenden Tag.

Kochen war nicht seine Leidenschaft. Aber er widmete sich dieser Aufgabe von 19 bis 20 Uhr mit Fleiß und Sorgfalt, wobei er Hemd und Hose mit einer weiß-blau gestreiften Schürze vor unbedachten Spritzern schützte. Er liebte die Kartoffel und wusste sie in allen Formen zuzubereiten, als Pellkartoffel, Salzkartoffel, Kartoffelpüree, Kartoffelsalat, Kartoffelsuppe, Bratkartoffel. Letzteren war er mit besonderer Leidenschaft zugetan, brutzelte sie mit Butter und häufigem Wenden beidseitig goldgelb bis zu einer sporadisch verteilten leichten Krustenbildung und ließ auch kleine Zwiebelstückchen mit anbraten. Schon der Duft der Brutzelei erfüllte ihn mit Freude und Wohlbehagen.

Eine Frucht von besonderer Reinheit und Bekömmlichkeit nannte er die Kartoffel und er lobte Friedrich II, den er sonst nicht mochte, weil er den Großanbau der Kartoffel in Preußen gefördert hatte.

Beilage, das war für ihn nicht die Kartoffel, sondern das, was er seiner Königin beigab. Meist begnügte er sich mit Gemüse oder Salat. Einmal in der Woche, in der Regel am Sonntag, legte er ein Kalbsschnitzel in die Pfanne. Der Freitag war der Tag des Kartoffelsalats, den er mit Gurken mischte und dem er abwechselnd ein Stück Leberkäs mit süßem Senf oder Nürnberger Bratwürste beifügte. Dies tat er mit schlechtem Gewissen, weil der Inhalt des Leberkäses undefinierbar war, der der Bratwürste aus Schweinefleisch bestand und beides seinen Reinheitsvorstellungen nicht gerecht wurde. Aber er unterlag in diesem Fall den Gelüsten seines Gaumens.

Nach dem Abwasch begann für Wenzel Tischbein der schönste Teil des Tages. Er durfte lesen. Dazu setzte er sich in einen Sessel, den er gleichfalls von seinem Großvater geerbt hatte. Er datierte seine Entstehung auf die siebziger Jahre des vorigen Jahrhunderts. Der Sessel, mit grauem Plüsch überzogen, besaß eine hohe, oval geschwungene Rückenlehne, Armlehnen mit gedrechselten Holzgriffen und eine hart gepolsterte Sitzfläche, die Wenzel Tischbein besonders schätzte. Niemals, so sagte er, sollte man auf weichen Sitzpolstern lesen. Die Erschlaffung der Gesäßmuskulatur übertrage sich über die Rückenmuskeln bis in den Kopf und signalisiere dort Entspannung und Schlafbereitschaft. Das Gehirn sei nicht mehr aufnahmebereit für fremden Gedankenblitz. Es döse über den Buchzeilen.

Stolz war Wenzel Tischbein auf das von ihm entwickelte Sessellesepult. Es handelte sich um ein massives Eichenbrett, auf das ein umklappbares Bücherpult aus gleichem Material montiert war. Die Konstruktion hatte ein Schreiner nach seiner Zeichnung angefertigt. Sie lag stets griffbereit neben dem Sessel. Hatte Wenzel Tischbein zur Abendlektüre Platz genommen, legte er das Brett vor sich über die beiden Armlehnen, klappte das Pult auf und stellte das Buch darauf, um es nicht ständig in der Hand halten zu müssen. Auch brauchte er vor dem aufgerichteten Buch seinen Rücken nicht zu krümmen. Selten war es ein anderes Druckerzeugnis als einer der 14 Bände der Hamburger Ausgabe von Goethes Werken.

Er hatte alle Dramen studiert, die meisten Gedichte, Wilhelm Meisters Lehrjahre, Dichtung und Wahrheit, und gerade standen Wilhelm Meisters Wanderjahre auf dem Pult. Den Wahlverwandtschaften war er bisher geflissentlich aus dem Weg gegangen. Auch hatte er den Werther zwar mit 18 ohne Lesepult verschlungen, weigerte sich jetzt aber, diese Lektüre aus reiferer Sicht zu wiederholen. Es war, als wollte er sich von den Wirrungen des Herzens nicht berühren lassen.

Punkt 22 Uhr 30 beendete Wenzel Tischbein seine Lektüre und begab sich in das Zimmer nebenan, das ausschließlich dem Schlaf diente. Die Wände waren weiß gestrichen und ohne jeden Bilderschmuck. „Mit geschlossenen Augen sehe ich nichts," pflegte Tischbein zu sagen. „Und mit offenen Augen kann der Mensch nicht schlafen." Das eiserne Bettgestell war so schmal wie Tischbeins Schultern, und niemand konnte auf die Idee kommen, zwei Menschen darin unterzubringen. Neben dem Bett stand ein Tischchen mit einer kleinen Stehlampe und Tischbeins Geldbörse.

Nie wurde etwas anderes darauf abgelegt, niemals ein Buch. Denn Tischbein achtete die Zuständigkeiten und die Vorstellung war ihm ein Greuel, das Bett als Lesestatt zu missbrauchen.

Ein Schrank und ein stummer Diener, der die Kleidung des kommenden Tages in sorgfältiger Ordnung trug, das war alles, was in dem kahlen Raum noch zu finden war.

Wenzel Tischbein schrieb es dieser unbeschwerten Kahlheit zu, dass er stets rasch einschlief, meist wenige Minuten nachdem er den Kopf auf das Kissen gelegt hatte. Nichts reizte ihn wach zu bleiben. Auch träumte er so leicht, dass die Träume verdunsteten, ehe er aufwachte.

Ein Psychoanalytiker könnte an mir nichts verdienen, sagte er. Wie sollte er meine Träume erforschen? Meine Träume sind leicht und die meisten träume ich schon vor dem Schlaf, mit Goethe.

II

Wenzel Tischbein war gerade 41 geworden, als ihm der Oberstudiendirektor die Urkunde mit der Unterschrift des Ministers aushändigte, wonach er zum Oberstudienrat befördert wurde. Tischbein fühlte sich bedeutend. Zwar wusste er nicht, welche Auswirkungen diese Beförderung auf seinen Geldbeutel haben würde. Es stellte sich später heraus, dass sie gering waren. Aber er hatte die feste Überzeugung, dass sich nun in seinem Leben etwas ändern müsse. Die niederen Dienste, so meinte er, könnten nicht mehr seine Sache sein.

Irgend jemand sollte an seiner Stelle kochen, mit dem Staubsauger hantieren, die Wäsche in die Waschmaschine schieben und sie anschließend bügeln. Auf diese Weise entlastet, könnte er die Zeit im Lesestuhl erheblich erweitern.

So setzte er ein Inserat in die Zeitung, in dem ein alleinstehender höherer Beamter eine Zugehfrau Montag bis Donnerstag von 14 bis 18 Uhr suchte. Die Zeit hatte er sich sorgfältig überlegt. Von 14 bis 16 Uhr, meinte er, könnte die Frau alles Lärmende, insbesondere das Staubsaugen erledigen, während er auf Wanderschaft war. Eine Stunde blieb dann zur Pflege seiner Wäsche und eine weitere zur Vorbereitung seines Abendessens. Am Wochenende, von Freitag Mittag bis Sonntag Abend, wollte er sich weiterhin selbst versorgen.

Das Echo auf das Inserat war erstaunlich lebhaft. Entgegen anderslautender Pressemitteilungen genießt der höhere Beamte in der Bevölkerung noch immer gutes Ansehen wegen seiner altmodischen Solidität. Auch regte das Wort „alleinstehend" die Fantasie vieler Frauen an. Kurz, es kamen über 20 Frauen, um sich vorzustellen, und alle bedrängten Tischbein, sich doch ihrer Betreuung anzuvertrauen.

Schon bereute er, diese Lawine losgetreten zu haben, und sehnte sich nach der Ruhe seiner einsamen Tage. Aber schließlich beschloss er systematisch vorzugehen, nach festen Kriterien die Spreu vom Weizen zu sondern.

Wer allzu offenkundig auf Reizwirkung und nicht auf hausfrauliche Tüchtigkeit gesetzt hatte, wurde ausgeschieden. Grelles Make-up, gefärbte Haare, enge Pullover, tiefe Ausschnitte, kurze und enge Röcke, zu penetrantes Parfum, kokettierende Blicke, all dies notierte sich Tischbein und am Ende blieb nur Christa Sterndobler ohne Minuspunkte.

Mit Christa Sterndobler, so dachte Tischbein, konnte er nicht fehlgehen. Sie stammte aus einem kleinen Bauernhof, hatte eine der letzten einklassigen bayerischen Dorfschulen erfolgreich besucht, half dann zu Hause, bis sie mit 23 Jahren ein Lokomotivführer der Deutschen Bundesbahn vor den Traualtar führte.

Die Ehe blieb kinderlos und endete schon nach drei Jahren mit dem tragischen Tod des Ehemanns. Herr Sterndobler, beruflich an Schienen gebunden, verschaffte sich in seiner Freizeit die Illusion der Freiheit auf dem Motorrad. Mit 150 km/Std. raste er aus einer Kurve in das Unbegrenzte. Seitdem verdiente sich Frau Sterndobler ihren Unterhalt durch Dienstleistungen in fremden Haushalten.

Das Gefühl, jung zu sein, hatte sie im letzten Jahr abgelegt, als sie dreißig wurde, ohne dass davon irgend jemand Notiz genommen hätte.

Man muss es nehmen, wie es kommt, sagte sie gern, wenn es um ihre Einstellung zum Leben ging. Sie hielt es für zwecklos, Anstrengungen zu unternehmen um aufzusteigen.

Auch die Anzeige des Wenzel Tischbein hatte ihr Gemüt zunächst nicht bewegt. Dann dachte sie, es könnte besser sein, an vier Tagen dieselbe Wohnung aufzusuchen als jeden Tag eine andere. Sie wusste nicht warum, aber sie hatte so ein Gefühl und ging hin.

Sie trug dieselbe Kleidung wie jeden Tag, wenn sie ihre Putzstellen aufsuchte: einen grauen Rock, eine blaue Bluse und eine graue Strickjacke. Sie schminkte sich nicht. Ihre langen blonden Haare kämmte sie nach hinten und hielt sie im Nacken mit einem schwarzen Band zusammen.

Wenzel Tischbein sagte ihr später oft, dass er sofort alles stimmig gefunden habe an ihr. Stimmig eben für eine Zugehfrau. Das Gesicht zeigte unauffälliges Gleichmaß, es war weder schön noch hässlich, weder intelligent noch dumm, aber von strahlender Sauberkeit. Er habe sofort an sauberes frisches Wasser und an Kernseife gedacht bei ihrem Anblick. Ja, er habe den Geruch von Kernseife in der Nase gespürt, obgleich das sicher nur Einbildung gewesen sei.

Die Figur konnte man schlank nennen. Jedoch gewiss nicht mit einem Hang zum Grazilen, Dünnknochigen. Was da unter dem Rock hervorkam, verbürgte vielmehr muskulöse Stämmigkeit. Diese Frau konnte zupacken, hatte sich Wenzel Tischbein gedacht.

Und dann ihr gutes Verhältnis zur Kartoffel. Wenzel Tischbein hatte sie gefragt, was sie von der Kartoffel halte. Sie wusste nicht recht, worauf er mit dieser Frage hinauswollte. Aber, unkompliziert wie sie war, fing sie einfach an zu erzählen, was ihr zu diesem Thema einfiel. Aufgewachsen sei sie mit der Kartoffel, sagte sie. Ein großer Kartoffelacker habe zu dem kleinen Hof ihrer Eltern gehört und schon früh sei sie mit aufs Feld gegangen. Die Klauberei habe man abends ganz schön im Kreuz gespürt. Aber geschmeckt habe es ihr immer, Pellkartoffeln mit Milch, das Hauptgericht ihrer Kindheit. Noch heute sei dies häufig ihr Abendessen. Und die Kartoffeln, die beziehe sie nach wie vor von der kleinen Landwirtschaft ihrer Eltern, die nun ihr Bruder als Nebenerwerbsbetrieb führe. Kartoffeln, direkt vom Bauern, könne sie künftig auch für Herrn Tischbein besorgen, ebenso Milch und Eier. Er brauche seine Wünsche nur zu äußern.

Da verband sich für Wenzel Tischbein der Geruch von Kernseife mit dem reinen Duft frisch gekochter Kartoffeln und er zögerte keinen Moment, Christa Sterndobler die Hand zu drücken und ihr zu versichern, dass er sie hiermit als Haushälterin einstelle. Ja, er sagte Haushälterin, weil ihm die Bezeichnung Zugehfrau dem Abgerundet-Meisterlichen dieser Person nicht gerecht zu werden schien.

Zunächst erfüllte Frau Sterndobler auch all seine Erwartungen. Wenn er von seiner Wanderung nach Hause kam, zwei bis drei Verse Goethes frisch im Kopf gespeichert, roch seine kleine Wohnung nach Sauberkeit. Frau Sterndobler stand am Bügelbrett und glättete seine Hemden fältchenfrei. Beim Kochen gab es zwar kleinere Unstimmigkeiten. Die Bratkartoffeln hatten etwas zu viel Fett aufgesogen und die beigegebenen Zwiebelchen waren zu stark gebräunt. Aber Christa Sterndobler zeigte sich außerordentlich lernwillig und traf den Geschmack ihres Herrn bald bis in die feinsten Nuancen.

Allerdings stellte sich nach geraumer Zeit heraus, dass Frau Sterndobler auch ein Wort loswerden wollte, was Wenzel Tischbein nicht eingeplant hatte. Zunächst ging es nur um die notwendigen Erläuterungen zum Arbeitsablauf. Dann aber zeigte Frau Sterndobler das Bedürfnis, etwas von ihren Beobachtungen in der Welt mitzuteilen. Aus dem Metzgerladen zum Beispiel, in dem sie für Tischbein Leberkäs, Nürnberger Bratwürste und Kalbsschnitzel einkaufte. Hatte da nicht kürzlich ein besser aussehender Herr „misstrauisch" gefragt, ob die ungarische Salami nach dem langen Transport aus Ungarn noch gut sei, wo doch jedermann wissen müsse, dass es sich bei der Salami um eine hart geräucherte Wurst von äußerster Haltbarkeit handle. Man sehe daraus die lächerliche Unerfahrenheit mancher Männer in den einfachsten Dingen des praktischen Lebens. Bei dieser Bemerkung sah sie Tischbein mit einer gewissen Keckheit an, die in auffallendem Gegensatz zu ihrer sonstigen Unterwürfigkeit stand.

Lieber noch als vom Metzgerladen berichtete Frau Sterndobler von der Wohnung nebenan. Tischbein hatte keine Ahnung, wer seine Nachbarn waren.

Frau Sterndobler wusste schon nach drei Wochen Bescheid. Es handelte sich um ein Ehepaar namens Dotterweich mit großem Altersunterschied. Er mochte annähernd Sechzig, sie allenfalls Mitte Dreißig sein. Während er am frühen Morgen die Wohnung verließ und frühestens um 18 Uhr zurückkam, blieb sie zuhause, pflegte sich und ging dem Müßiggang nach, was bekanntlich aller Laster Anfang ist.

So hatte Frau Sterndobler auch beobachtet, dass jeden Dienstag und Donnerstag gegen 15 Uhr ein junger Mann an der Nachbartüre läutete, flugs eingelassen wurde und die Wohnung nie vor 17 Uhr wieder verließ. Überdies wusste Frau Sterndobler zu berichten, man habe von Tischbeins Badfenster das Schlafzimmerfenster der Nachbarin im Blick. Dort würden die Vorhänge zugezogen, kurz nachdem der junge Mann erscheine, was doch wohl nur einen Schluss zulasse.

Zunächst kürzte Tischbein solche Schilderungen ab mit dem Bemerken, keine Zeit zu haben oder sich für Tratsch nicht zu interessieren. Aber von Woche zu Woche wurde sein Widerstand weicher im lauwarmen Redestrom der Sterndobler; ja, er ertappte sich bei einem Gefühl des Wohlbehagens, wenn er nichts zu tun brauchte als seine Ohren von eben diesem Strom umspülen zu lassen. Auf diese Weise kam sein Zeitplan in Unordnung. Das Abendessen verschob sich und also verkürzte sich die nachfolgende Lesezeit mit Goethe. Wenn er dann im Bett lag, hatte er Einschlafschwierigkeiten. Er war mit sich selbst nicht zufrieden und glaubte vor Goethe nicht bestehen zu können.

Solche Gewissensbisse verflogen, wenn er anderntags von der Wanderschaft zurückkam und in die Wärme eintauchte, mit der Christa Sterndobler die kühle Leere der Junggesellenwohnung zu füllen vermochte.

Mit dem täglichen Umgang wuchs die Vertrautheit. Wer des Anderen Wäsche wäscht, dem bleibt wenig verborgen. So zeigte Wenzel Tischbein zwar zunächst Schatten des Unwillens auf der Stirn, als ihm Frau Sterndobler den hohen Abnutzungsgrad seiner Unterhosen vorführte und zum Ersatzkauf riet, er ließ sich dann aber doch auf eine längere Diskussion über die Auswahl unter verschiedenartigen Schnitten und Qualitäten ein, wobei Frau Sterndobler auf ihren ehelichen Erfahrungsschatz zurückgriff. So verlor Wenzel

Tischbein die Würde des Abstands, ohne es zu merken. Plötzlich, von einem Tag auf den anderen, war er auch der Reizwirkung ihrer Weiblichkeit ausgesetzt. Er ertappte sich dabei, dass er ihre oberen und unteren Rundungen mit Bewusstsein wahrnahm und es war ihm nicht klar, ob dies auf Änderungen in ihrer Kleidung oder in seiner Sichtweise zurückzuführen war.

Dass diese Entwicklung sich kurz darauf dramatisch beschleunigte, hing mit Frau Dotterweich und ihrem nachmittäglichen Besucher zusammen. Frau Sterndobler stand wieder einmal auf ihrem Beobachtungsposten am geöffneten Badfenster, um das Schließen des Schlafzimmervorhangs nebenan zu beobachten.

Da wurde hinter dem Vorhang das Licht angeknipst und kurz darauf zeichneten sich die Konturen eines Paares ab, das sich innig umarmte. Frau Sterndobler fand diesen Anblick sensationell und gut geeignet, daran Anstoß zu nehmen. Lauthals rief sie nach Herrn Tischbein, damit er ihre Empörung teilte. Wenzel Tischbein, einen Unfall vermutend, trennte sich rasch von den lateinischen Schulaufgaben der Klasse 10a, die er zu korrigieren hatte. Im Bad angelangt, fand er Frau Sterndobler weit aus dem Fenster gebeugt, so weit, dass er befürchtete, ihr Oberkörper würde das Übergewicht erlangen und sie in die Tiefe ziehen. Rasch griff er mit beiden Händen nach ihrer Taille und hielt sie dort auch dann noch fest, als das Licht in der Nachbarwohnung ausgeknipst worden war, Frau Sterndobler ihren Oberkörper zurückgezogen hatte und aufrecht vor ihm stand. Angeregt durch das Gesehene und den ungewohnten Männergriff an ihrer Taille, erprobte Frau Sterndobler nach langer Trauerpause wieder jenen Blick lockender Sinnlichkeit, der den verblichenen Lokomotivführer so oft in Fahrt gebracht hatte.

Auch Wenzel Tischbein vergaß sich unter der Suggestion dieses Blickes und drückte einen unbeholfen-spröden Kuss auf die hingebungsvoll geöffneten Lippen.

Das dauerte nur wenige Sekunden. Dann löste Wenzel Tischbein Hände und Lippen von Frau Sterndobler und zog sich wieder unter den Schutz seines Verstandes zurück.

„Entschuldigen Sie vielmals, Frau Sterndobler," sagte er. „Es ist mir außerordentlich peinlich, mich so vergessen zu haben, außerordentlich peinlich. Ich werde Sie bestimmt nicht mehr in diese Verlegenheit bringen, gewiss nicht, Frau Sterndobler."

In deren Augen wich das Lockende einer enttäuschten Stumpfheit.

„Da brauchen Sie sich doch nicht zu entschuldigen, Herr Tischbein," sagte sie. „Wegen so am Busserl, das is' doch harmlos. Das hat doch nichts zu bedeuten. Ihnen nehm' ich das gewiss net übel, Herr Tischbein."

Der lächelte gequält. „Vergessen wir's einfach, Frau Sterndobler, denken wir nicht mehr daran und gehen wir an unsere Arbeit."

„Wie Sie wollen," gab Frau Sterndobler mit aufgesetzter Gleichgültigkeit zurück. Und nach einer kleinen Pause wiederholte sie „wenn sie's so wollen, könnens des gern vergessen." Dann stapfte sie in Tischbeins Schlafzimmer und ließ dort den Staubsauger aufheulen.

Am Abend aber, in Tischbeins Lesesessel, kehrte Frau Sterndoblers Blick lockender Sinnlichkeit wieder und schob sich zwischen Wilhelm Meisters Wanderjahre und den irritierten Leser.

Die Sache zu vergessen, schien nicht so einfach. Je mehr Wenzel Tischbein darüber nachdachte, umso stärker kam es ihm in den Sinn, es könne auch andere Lösungen geben als die der Verdrängung. Zunächst schreckte ihn der Gedanke, sich mit einer Frau so niederen Bildungsgrades gemein zu machen, deren Sinnen und Trachten sich auf die Grundbedürfnisse des Lebens beschränkte.

Dann aber nahm er Maß an Goethe und fand Christa Sterndobler nicht unpassend. Was die Mamsell Vulpius zu Papier gebracht hatte, dachte er, hätte den Ansprüchen einer einklassigen bayerischen Dorfschule keineswegs genügt. Da konnte die Sterndobler mit der deutschen Sprache schon geschickter umgehen. Und ob nun Arbeiterin in Bertuchs Blumenfabrik, in der der Besatz für die blumenfreudigen Hüte der Weimarer Damen hergestellt wurde, oder Zugehfrau in Bürgerhäusern, da war doch wohl kein Standesunterschied. Vielleicht, schmeichelte sich Wenzel Tischbein, brauchen differenzierte Geister das Einfache, um sich im Leiblichen einzurichten. Geistesschärfe behindert die Behaglichkeit.

Als Tischbein sich an diesem Abend vom Lesestuhl erhob, um seine eiserne Bettstatt aufzusuchen, war er in den Wanderjahren keine Seite weitergekommen, aber er hatte sich an den Gedanken gewöhnt, Frau Sterndobler könne den Bedürfnissen seines Leibes auch auf andere Weise als mit Kochkunst begegnen.

Christa Sterndobler war weit einfacher und direkter zum selben Ergebnis gekommen. Sie saß vor dem Fernseher, um der Kriminalserie Tatort zu folgen, hatte aber bald den Faden verloren, weil sie sich mit Wenzel Tischbein beschäftigte. Von Anfang an war sie sich darüber im Klaren, dass sie Tischbein nicht gestatten durfte, seinen Kuss zu verdrängen. Im Gegenteil, es galt entschieden und ohne Zögern nachzusetzen. Es war, als ob ein alter Jagdinstinkt in ihr erwacht wäre und sie bis in die Fingerspitzen belebte. Dass sie ihre Waffen noch beherrschte, erfüllte sie mit Stolz. Tischbein hatte sie damit ebenso sicher getroffen wie den Lokomotivführer Sterndobler. Ein Verhältnis mit ihrem Arbeitgeber, sagte sie sich, würde allemal Vorteile bringen. Eine freiere

Gestaltung des Arbeitsverhältnisses, Pausen des Müßiggangs, ungerügte Schlampereien, kleine Geschenke, ein aufgerundetes Entgelt, das sammelte sich im Haben.

Als sie den Fernseher abschaltete, um ins Bett zu gehen, wusste sie nicht, wer der Täter war, aber sie wusste, dass sie ihr Schicksal wieder tatkräftig in die Hand nehmen würde.

III

Josef Zborowski hieß der Zugänger von Frau Dotterweich. Das hatte Frau Sterndobler von der Hausmeisterin erfahren. „Bestimmt ein Ausländer, irgendwo aus dem Osten, Tscheche oder Pole", bemerkte sie zu Herrn Tischbein. „Illegal zugewandert, keine Arbeitserlaubnis und sich dann bei uns ins g'machte Nest setzen. Ein Skandal ist das. Man sollte diesem naiven Herrn Dotterweich die Nas'n drauf stoßen."

„Was geht das uns an, liebe Frau Sterndobler", wandte Tischbein ein.

„Das Leben hat Schatten und Licht. Warum sollten wir den Schatten ausleuchten?"

Er fand, dass er das gut gesagt hatte. Auch Goethe hätte diese Aussage gebilligt. Frau Sterndobler aber wollte dem Zborowski auf die Spur kommen. Zu sehen war heute nichts. Geschlossene Vorhänge und kein Licht dahinter. Aber dann wurde es lauter. Eine weibliche und eine männliche Stimme steigerten sich. Mehr allerdings die weibliche, die männliche versuchte zu beruhigen. Es gelang ihr nicht. Frau Dotterweich kreischte. Die beiden Stimmen näherten sich der Wohnungstür. Um sie besser zu verstehen, trat Frau Sterndobler auf den Flur hinaus. Sie hatte den Abfalleimer aus der Küche in der Hand. Das bewies, dass sie dienstlich unterwegs war.

„Bis morgen hab' ich das Armband zurück, oder ich geh' zur Polizei!" schrie Frau Dotterweich jetzt dicht hinter der Tür. Dann kam die Männerstimme, unaufgeregt ruhig. „So deppert wirst net sein, Everl. Servus dann, bis morg'n."

Josef Zborowski trat aus der Wohnungstür, lässig, als sei nichts geschehen. Er trug eine braune Wildlederjacke, beige Hosen und hellbraune Schuhe mit Lochmuster. Sein dichtes schwarzes Haar war über den ganzen Kopf gleichmäßig kurz geschnitten, seine Haut dunkel gebräunt.

Er zögerte keinen Moment auf Frau Sterndobler zuzugehen, so als hätte er sie vor der Tür erwartet.

„Küss die Hand, gnä' Frau," sagte er. „Darf ich behilflich sein?"

Er versuchte nach dem Abfalleimer zu greifen, den Frau Sterndobler jedoch krampfhaft an sich hielt.

Einen Moment zögerte die Sterndobler, dann platzte sie heraus:

„Sie san ja gar kei' Ausländer!"

„Wie sie wollen, gnä' Frau", gab Zborowski gleichmütig zurück, ohne jede Verwunderung.

„Josef Zborowski", stellte er sich dann vor. „Aus Mistelbach in Niederösterreich".

„Dann san's jedenfalls kei richtiger Ausländer," bestätigte Frau Sterndobler ihre Feststellung von vorhin.

„Wie sie wollen, gnä' Frau," gestand ihr Zborowski wiederum zu.

„Eine eig'ne Republik sind wir schon wieder seit 45, wie sie ja wissen, gnä' Frau."

Sie waren inzwischen gemeinsam die Treppe hinuntergegangen und standen im Souterrain.

„Aber wir ham doch viel gemeinsam, Herr Zborowski," fuhr Frau Sterndobler fort, „die deutsche Kultur, den Mozart, zum Beispiel oder ......" Frau Sterndobler suchte nach einem weiteren Großen und wurde nicht gleich fündig. „Den Hitler", half Zborowski aus und lachte. „Des hätt' net sein müssen", schloss Frau Sterndobler die Betrachtungen über die deutsch-österreichischen Beziehungen.

„Sie san wohl a' Verwandter von Frau Dotterweich," wechselte sie abrupt das Thema und blickte Herrn Zborowski mit einer Mischung aus Unverschämtheit und Naivität in die Augen. Der aber hielt dem Blick unbekümmert stand.

„Weitläufig, weitläufig, gnä' Frau", gab er etwas einsilbig zurück und ging sofort zum Gegenangriff über. „Darf ich fragen, gnä' Frau, ob ich die Ehre mit Frau Tischbein habe?" sagte er mit einem süffisanten Seitenblick auf den Abfalleimer in Frau Sterndoblers Händen. Sie ärgerte sich und konnte nicht vermeiden, dass sie rot anlief.

„Sie ham nicht die Ehre", gab sie patzig zurück. „Ich bin Frau Sterndobler und führe Herrn Tischbein den Haushalt."

„Is' eines wie's and're und was net is, kann no' werd'n, gnä' Frau," bemerkte Herr Zborowski rätselhaft.

Das ärgerte Frau Sterndobler noch mehr. „Sie ham wohl kei' Arbeit, weil's dauernd bei ihrer weitläufigen Verwandten sitzen", rempelte sie den Österreicher an.

Der behielt gelassene Höflichkeit. „Ich bin selbständig, gnä' Frau und kann meine Zeit einteilen, wie ich will.

Vormittags mache ich Hausbesuche in Vertretung der Kosmetikfirma Bella. Das reicht. Der Nachmittag dient der Entspannung. Aber wenn es sie interessiert, gnä' Frau, zeig ich ihnen auch gern nachmittags meine Präparate. An Moisterizer ham mer, der ist einmalig. Da geht ein feuchter Glanz von ihren Wangen aus, Frau Sterndobler, der wird auch den Herrn Tischbein nicht unbeeindruckt lassen!"

Frau Sterndobler konnte ihren Ärger jetzt nicht mehr zügeln.

„Ich brauch' ihre Schmierage net", rief sie aus. „Und der Nachmittag, der dient bei mir net der Entspannung, der dient der Arbeit. Und jetzt muss i' mi' d'ran-halten, sonst schaff i' die Putzerei net, bis der Tischbein kommt."

„Nix für ungut," beschwichtigte Herr Zborowski. Dann ergriff er Christa Sterndoblers linke Hand, da ihre rechte noch immer den Abfalleimer umklammert hielt, beugte sich über den Handrücken, ohne ihn mit dem Mund zu berühren, und flüsterte, als offenbare er ein Geheimnis:

„Küss' die Hand, gnä' Frau." Lauter fügte er hinzu: „Ich weiß, wir sehen uns wieder. Ich hoffe bald, gnädige Frau!" Dann entschwand er und hinterließ im Treppenhaus eine Duftwolke der Marke Bella for men voll herber Würze.

IV

Nachträglich betrachtet war Christa Sterndobler mit sich und ihrer Taktik vorsichtiger Annäherung zufrieden. Zunächst allerdings fiel es ihr schwer, sich zurückzuhalten. Aber ihr Instinkt sagte ihr, dass Wenzel Tischbein Zeit brauchte für einen zweiten Anlauf. So tat sie, als sei nichts gewesen. Aber heimlich versuchte sie, die Vertraulichkeit zwischen ihnen dichter zu knüpfen.

War zum Beispiel der oberste Knopf seines Hemdes abgesprungen, weil der Zwirn dem Druck des geblähten Halses nicht mehr standgehalten hatte, eilte sie herbei mit Nadel und Faden, um das Übel an Ort und Stelle zu beheben. Dicht stand sie dann vor ihm, den Kopf fast unter seinem Kinn und spürte seinen Atem auf dem Scheitel. Die linke Hand schob sie unter das Hemd, streifte dabei die struppigen Brusthaare, die sich bis zum Kragen drängten, hielt diesen schließlich fest und begann mit der rechten Hand zu sticheln, wobei sie Wenzel Tischbein beruhigend versicherte, sie werde ihm die Haut gewiss nicht ritzen. Das Ende der Prozedur nutzte sie wieder zu Fingerübungen im Haargekringel, ehe sie den Kragen zuknöpfte, und sie meinte zu spüren, dass Wenzel, wie sie ihn in Gedanken bereits nannte, ihren Fingern entgegenkam.

Schon bald darauf bot sich die Chance zu größerem Fortschritt und Christa Sterndobler ergriff sie mit beiden Händen. Wenzel Tischbein hatte auf seiner nachmittäglichen Wanderung Vorboten des Frühlings entdeckt und brachte ein Sträußchen Schlüsselblumen nach Hause. Als ihm Frau Sterndobler im Flur begegnete, kam ihm spontan die Idee, ihr die Blumen zu überreichen.

„Die hab ich für Sie gepflückt", sagte er, verbeugte sich artig und drückte ihr das Sträußchen in die Hand. Da wusste Frau Sterndobler, dass die

Zeit reif war, ihre Gefühle ausbrechen zu lassen. Sie schlang ihre beiden Arme um Wenzels Hals, ohne die Schlüsselblumen fallen zu lassen.

„Wie lieb von Ihnen!" rief sie aus und drückte ihren Mund nachhaltig auf den seinen. Wenzel wich und wankte nicht. Er drückte vielmehr ebenso ausdauernd wie intensiv zurück und als er aus Atemnot aufhörte, kam es ihm weder in den Sinn, sich zu entschuldigen noch gar das Ereignis dem Vergessen anzuempfehlen. Er bot Christa Sterndobler vielmehr an, ihn künftig Wenzel zu nennen.

Von da an war Frau Sterndobler zum Äußersten entschlossen. Allerdings quälte sie längere Zeit der Gedanke, wo denn das Äußerste stattfinden sollte.

Das Eisenbett kam schon wegen seiner Enge nicht in Betracht. Auch schauderte es sie, wenn sie sich die kahlen weißen Wände des Schlafzimmers vorstellte. Dagegen konnte sie mit ihrer Wärme nicht ankommen.

Im Wohnzimmer gab es an bequemen Möbeln nur den Ledersessel, den sie außer Betracht ließ, und ein zweisitziges Sofa mit Armlehnen, auf dem auch ein Mensch von mäßiger Größe nur liegen konnte, wenn er die Beine über die Lehne hing. Da sie Wenzel als extrem unsportlich einschätzte, schloss sie auch dieses Möbel als Tatort aus.

Es blieb nur der Teppich, ein dunkelroter Buchara, 2,5 auf 3,5 Meter, den der kleine Couchtisch so wenig bedeckte, dass er daneben genügend Liegefläche bot. Christa Sterndobler, die gelernt hatte das Mögliche, auch wenn es bescheiden war, zu akzeptieren, konzentrierte sich fortan auf den Teppich.

Die Frage war nun, wie sie mit Wenzel darauf zu liegen kam. Sie wusste, dass dies ohne Alkohol nicht zu schaffen war, und Alkohol trank Wenzel allenfalls an Fest- und Feiertagen.

So wählte sie Wenzels 42. Geburtstag. Der Gefeierte kam zunächst auf die Idee, mit ihr zum Abendessen auszugehen, das erste mal übrigens, und sie zeigte sich sehr gerührt. Aber sie wollte den Ablauf zu Hause unter Kontrolle haben. So setzte sie ihr Angebot entgegen, für ihn ein Festmahl zu kochen und meinte, so wäre es gemütlicher und persönlicher und obendrein müsse er nicht unnötig Geld ausgeben. Das leuchtete ihm ein.

So kochte Frau Sterndobler Tomatensuppe mit Sahnehäubchen, die Wenzel besonders schätzte. Als Hauptgericht wählte sie Zanderfilet mit kleinen Kartöffelchen. Keineswegs hätte Wenzel ein Fleischgericht verachtet, aber Christa Sterndobler wollte Weißwein servieren, einen trockenen Chablis, weil sie fürchtete, Rotwein würde Wenzel zur Unzeit ermüden. Tanzmusik gab es in Wenzels CD-Sammlung nicht. Immerhin fand sie eine Aufnahme mit Wiener Walzern. Carlos Kleiber dirigierte die Wiener Philharmoniker. Die schob sie in den Player, während Wenzel die Zitronencreme als Nachspeise schlürfte und dazu das dritte Glas Chablis trank.

Einen Walzer könne er ihr nicht abschlagen, bemerkte sie, als Wenzel sein Schälchen ausgelöffelt hatte, und sie zog den sich nur mäßig Sträubenden auf den Parkettboden, wo er sich schwerfällig mit ihr drehte wie ein alt gewordener Tanzbär.

Hatte Wenzel Tischbein schon Mühe nicht über seine eigenen Füße zu stolpern, so war es eine Kleinigkeit, ihn über den Buchara stolpern zu lassen.

Und da lagen sie denn beide, der Oberstudienrat und seine Haushälterin, und er erkannte sie wie Adam einst Eva.

Eine Schilderung dieses Vorgangs wäre von geringem literarischen Reiz, zumal alle Tabus längst mit heißer Feder durchlöchert sind. Interessant bleibt der seelisch-geistige Überbau der Leibesübung, der von Fall zu Fall variiert.

Christa Sterndobler jedenfalls fühlte sich lebhaft bewegt, aufgeschwungen in höhere, weitere, lichtere Regionen. Zwar dämmerte im Hintergrund die Erinnerung an den verblichenen Lokomotivführer, der weit mehr an Kraft und Ausdauer zu bieten hatte. Aber im Vordergrund leuchtete etwas Neues: das Feine, vornehm Zögernde, Ge-

brochen-Zarte, zuweilen auch rührend Unbeholfene, kurz das, was Frau Sterndobler als die Lebensart höherer, gebildeter Stände ansah. Mit
ihnen war sie nun eins geworden auf dem roten
Buchara, aufgenommen in die höhere Gesellschaft, und sie würde sich daraus nicht mehr verdrängen lassen.

Hatten ihre großen Füße bisher schwer am Boden
geklebt, den sie zweimal wöchentlich mit dem
Staubsauger bearbeiten musste, so ging sie nunmehr leichtfüßig darüber hinweg, den Blick
hochmütig nach oben gerichtet, als gingen sie die
Sauberkeitsprobleme des Parketts nichts mehr an.
Vollends wähnte sie sich im Glück, als Wenzel
Tischbein am nächsten Mittag von der Schule
kommend, ein Schmuckkästchen aus der Tasche
zog. Gönnerhaft forderte er Christa auf, das Käst-
chen zu öffnen. Es enthielt ein goldenes Glieder-
armband, das Christa Sterndobler nach ihrem
Erfahrungsschatz aus träumerischen Erkundungs-
gängen durch die Schmuckabteilung des Kaufhofs
auf über 2000 DM taxierte. Was anderes konnte
dies sein als das Verlobungsgeschenk, schoss es
ihr durch den Kopf, und sie umarmte den ver-
meintlichen Brautwerber heftig.

Der versicherte zwar, dass er sie liebe, flocht aber
nicht einmal die leiseste Andeutung ein, die auf
Heiratsabsichten oder auch nur auf eine Wohngemeinschaft schließen ließ. Noch in der vergan-
genen Nacht, umgeben von der ernüchternden

Kälte seiner eisernen Bettstatt, hatte er sich die Konsequenzen seiner neuartigen Beziehung durch den Kopf gehen lassen. Das hinderte ihn eine halbe Stunde am Einschlafen. Wie immer suchte er Rat bei Goethe. Der, so bestätigte er sich erneut, hatte jahrelang ungetraut mit seinem Blumenmädchen geschlafen, das seine Mutter als Bettschatz zu bezeichnen pflegte. Zum literarischen Nationalheiligen haben ihn die deutschen Bildungsbürger trotzdem gewählt.

Es kann also alles so bleiben wie bisher, versicherte sich Wenzel Tischbein und schlief beruhigt ein.

So verabschiedete er sich auch von Christa, kaum dass sie das goldene Armband um ihr Handgelenk gelegt hatte, und trat seinen gewohnten einsamen Marsch an, mit Goethes Gedichten im Rucksack.

Christa sollte jetzt Staubsaugen. Aber sie setzte sich an den Küchentisch, stützte ihre Ellbogen darauf, barg ihren Kopf in den Händen und sinnierte im Trüben. Das Armband also war der Liebeslohn, der Kaufpreis. Vielleicht ein Abonnement für ein Jahr, zwei mal wöchentlich auf dem Buchara.

Mitten in diese Gedanken tiefster Bitternis läutete die Türklingel, die sonst wochenlang schwieg, da Tischbein wenig Verbindung zur Außenwelt hatte. Christa verharrte in ihrer Versenkung. Erst als der Klingelton wiederkehrte, dieses mal stärker und länger, trieb sie die Neugier zur Tür. Draußen stand Josef Zborowski. Sein Anzug eilte dem Frühling ein gutes Stück voraus. Aus leichter, hellbeiger Baumwolle gewebt, verhieß er sommerliche Wärme auf südlicher Strandpromenade. Auf seiner Krawatte blühten ein gutes Dutzend Blumen in rot, beige, blau und weiß. Der Duft, den Zborowski für heute aus der Reihe Bella for men ausgewählt hatte, verband Frische und Leichtigkeit mit ein wenig zu viel Süße. Noch ehe Christa sich schlüssig wurde, wie sie auf den Besucher reagieren sollte, hatte Zborowski ihre rechte Hand ergriffen und sich ergeben darüber gebeugt. „Küss die Hand, gnä' Frau", sagte er leise, doch in der überdeutlichen Betonung eines Provinzschauspielers.

„Der Zufall, gnä' Frau," fuhr er mit stärkerer Stimme fort, „der Zufall ist zu langsam. Ich konnte ihn nicht abwarten. Wir mussten uns wiedersehen! Schon wegen dem Moisterizer. Ihre Haut schreit geradezu danach, gnädige Frau. Das seh' ich mit einem Blick. Zu trocken. Der Glanz fehlt! Nicht dass ich Ihnen was verkaufen will. Eine große Probe hab' ich Ihnen mitgebracht, als Geschenk natürlich!

Ich darf doch eintreten, gnädige Frau, das Treppenhaus ist ein schlechter Ort für kosmetische Beratung." Und schon schob er Christa vor sich her, die noch immer kein Wort gesagt hatte. Im Flur endlich raffte sie sich auf, dem Eindringling zu entgegnen.

„Sie haben sich wohl in der Tür geirrt, Herr Zborowski. Frau Dotterweich, Ihre ferne Verwandte, wohnt vis a vis." Ihre Stimme sollte schnippisch klingen, verriet aber unsicheren Grund.

„Ach, das Everl," gab Zborowski ungerührt zurück. „Mit der red ich nimmer, die hat durchgedreht. So eine Art Verfolgungswahn. Immer voller Angst, ich könnt ihr was aus'm Haus trag'n. Als ob ich sowas nötig hät'. Die Bella-Serie läuft, lauter Verkaufsschlager, sag ich Ihnen, gnädige Frau."

Und schon zog er ein himmelblaues Döschen aus der Vertretermappe.

„Unser Hit, der Moisterizer, gnä' Frau. Das Probedöschen für Sie. Überzeugen Sie sich an Ort und Stelle."

Er zog Christa vor den großen Spiegel im Flur, stellte seine Tasche auf den Boden und schraubte den Deckel vom Döschen. Flink tauchte er Zeige- und Mittelfinger in die weiße Masse und ehe sie sich's versah, war er mit seinen Fingern in ihrem Gesicht und fuhr damit herum mit einer Mischung aus Hurtigkeit und Zärtlichkeit.

Christa war sich bewusst, dass sie das eigentlich nicht dulden durfte. Auf die Finger sollte sie dem frechen Menschen klopfen und ihn dann hinauswerfen. Aber etwas lähmte sie, machte sie unfähig sich zu wehren. Sie blieb stehen in dumpfer Ergebenheit. Ihre Augen wurden nass, liefen über und plötzlich spürte Zborowski die Feuchtigkeit auf seiner hurtigen Hand. Er ließ sie erschrocken sinken.

„Ja, gnä' Frau," sagte er, „für die äußere Schönheit kann ich Ihnen Bella bieten. Aber die wahre Schönheit der Frau, glauben Sie mir, die wahre Schönheit kommt von Innen. Es ist die glücklich liebende Frau, deren Ausstrahlung uns gefangen nimmt. Sie aber, gnädige Frau, Sie sind unglücklich. Ich spüre es!"

Er nahm sie bei der Hand, was sie sich wiederum willenlos gefallen ließ, führte sie an den Küchentisch, hieß sie Platz zu nehmen und setzte sich daneben.

„So", sagte er, „und jetzt erzählen Sie. Das allein hilft schon viel. Im übrigen schenk ich Ihnen meinen Rat, umsonst. Ich will nichts von Ihnen, ganz und gar nichts. Es macht mir Spaß Ihnen zu helfen. Ich hab' nicht studiert, gnädige Frau. Aber das Leben kenn ich, besser als die Studierten. Erfahrung in allen Lebenslagen. Da macht mir so leicht keiner was vor."

Da saß sie nun, Christa Sterndobler, mit dem fremden Kosmetikvertreter, den sie eher für einen Windhund gehalten hatte, und begann vor ihm zu reden über ihre Beziehungen zu Wenzel Tischbein. Sie wusste selbst nicht warum. Sie hatte niemand anderen.

Josef Zborowski erfasste den Sachverhalt rasch. „Gnädige Frau," sagte er, „die Sache ist einfach.

Ist Herr Tischbein zu mehr als 50 % ein männliches Wesen, und daran zu zweifeln hab' ich keinen Grund, wird er das, was Sie ihm gewährt haben, wieder haben wollen und zwar bald und dringend. Goethe hin und her, der Mann ist endlich auf den Geschmack gekommen.

Und damit sind Sie in der stärkeren Position. Sie haben die Macht, ja zu sagen oder nein oder auch ja unter Bedingungen, jedenfalls, wenn sie einen einigermaßen kühlen Kopf behalten und, Verzeihung gnädige Frau, warum sollten Sie das nicht bei diesem Herrn Tischbein. Glauben Sie mir, gnädige Frau, mit dieser Macht regieren Millionen von Frauen auf dieser Welt. Und was Millionen können, können Sie auch.

Sie sagen nein, nein unter diesen unwürdigen Bedingungen, niemals wieder. Und wenn er bettelt und bettelt, sagen Sie ja, vielleicht, wenn wir echte Partner werden. Und echte Partner, die teilen Tisch und Bett redlich und gleichberechtigt miteinander. Da wird er eine Weile zappeln und dann, seien Sie versichert, werden Sie in seine Wohnung einziehen. Das eiserne Bett werden Sie hinauswerfen und an seiner Stelle wird ein Polsterdoppelbett die Kargheit in Üppigkeit verwandeln."

Christa Sterndobler hatte längst aufgehört, Tränen zu vergießen. Zborowskis Rede labte sie. Sie spürte die Macht in sich wachsen.

Dennoch erschrak sie, als sie auf die Uhr blickte

und den Zeitpunkt nahen sah, zu dem Wenzel
zurückkehren würde, Goethe im Rucksack.

Sie drängte Zborowski zum Aufbruch, bedankte
sich artig für seinen Zuspruch und das himmel-
blaue Döschen und erhob keinen Widerspruch,
als dieser eine baldige Wiederholung seines Be-
suchs zu Wenzels Wanderzeit in Aussicht stellte,
um Christas Machtausübung mit Rat begleiten zu
können.

V

Wenzel Tischbein saß am Waldrand auf einem
Baumstumpf, den die Frühlingssonne getrocknet
und gewärmt hatte. Er sah den Hügel hinunter auf
eine kleine ungeteerte Landstraße. Sie schlängelte
sich nutzlos durch das Tal. Nicht einmal Radfah-
rer schienen sie zu benötigen.
Er zog den Gedichtband aus dem braunen Rucksack, den er neben sich auf den Boden gestellt
hatte. Merkwürdig, sagte er sich, dass ich mich
nun schon zur Alterslyrik hingezogen fühle. Der
West-östliche Divan. Aber immerhin: Usch Na-
meh, das Buch der Liebe! Ich sollte prüfen, ob
mir die Verse richtig im Kopf geblieben sind.

> Auch in Locken hab' ich mich
> Gar zu gern verfangen,
> Und so Hafis! wär's wie dir
> Deinem Freund ergangen.

Aber Zöpfe flechten sie
Nun aus langen Haaren,
Unterm Helme fechten sie,
Wie wir wohl erfahren.

Wer sich aber wohl besann
Lässt sich so nicht zwingen:
Schwere Ketten fürchtet man,
Rennt in leichte Schlingen.

Locken trägt Christa nicht, dachte Wenzel Tischbein, auch keine Zöpfe, die sich zum Helme türmen. Aber ihr Pferdeschwanz verhängt mir den Kopf, ein Gespinst, das sich ausbreitet und die Räume füllt. Zu entwirren ist es nicht. Man findet kein Ende und keinen Anfang, um es aufzurollen.

Die Ordnung, die Grenzen, alles ist verwischt, Wachen und Schlaf! Das eiserne Bett steht nun im Keller. Statt dessen die breit wuchernden Polster. Mögen die Sinne darauf lustig sein. Wie aber sollen sie zur Ruhe kommen und dem Schlaf das Feld räumen? Wann das eine und wann das andere?
Dazu das schreckliche Bild, genau in Blickrichtung, wenn man sich aufrichtet im Bett. Die Metamorphosen des Ovid, von Rodin in Bronze gegossen, schwarz-weiß photographiert in stattlicher Größe und Deutlichkeit und in einen ovalen Goldrahmen gefasst.

Ein Mann kniet da sehr unbequem und verrenkt seinen Oberkörper, um ein Mädchen in seinen Armen zu halten, das mit ihrer Kehrseite auf seinem linken Oberschenkel balanciert.

Wenzel Tischbein hatte sich sehr gegen das Bild gewehrt, als Christa es in die Wohnung brachte. Nur nichts Erotisches an die Wand, bettelte er. Aber Christa sah ihn verständnislos an. Der Lokomotivführer, erinnerte sie sich, habe das Bild sehr geschätzt, es anregend, ja erhebend gefunden, obwohl er nicht gewusst habe, wer Ovid sei oder gar, was bei einer Metamorphose vor sich gehe. Der einfache Mann habe sich eingefühlt. Wieso dann ausgerechnet ein Lateinlehrer vor Ovid zurückschrecke, obwohl der doch ein lateinischer Dichter gewesen sein soll, das verstehe sie nicht.

Und Wenzel hatte resigniert. Resigniert auch vor der großen, dunklen Wäschekommode aus Rosenholz, in die Christa Berge von Dessous stopfte, vor dem mannshohen Spiegel daneben, in dem er sich nicht sehen wollte, jedenfalls nicht im Bett, vor den Kleidern, die überall auf den Bügeln hingen und die Klarheit der weißen Wand bekleckerten.

Das schlimmste aber war der Fernseher, ein schwarzes Untier, das in der Ecke des Wohnzimmers hockte und darauf wartete, Lärm und buntes Geflimmer über den Lesesessel zu schütten, bis er darin versank.

Christa hatte ihn mitgebracht und Wenzel war es zunächst geglückt, ihn in den Keller zu verbannen. Aber Christa schmuggelte ihn wieder herauf unter dem Vorwand, es sei unumgänglich, die Tagesschau zu sehen, wolle man nicht hinter dem Mond leben. Eine viertel Stunde täglich und man sei im Bilde über das, was in der Welt vor sich geht. Eine viertel Stunde bei Goethe abgezogen und dem Aktuellen zugeschlagen, das tue dem einen nicht weh und dem andern gut.

Wenzel wandte ein, dass er die Zeitung lese und Bilder, Bilder sehe er, sobald er die Augen zumache, eine Flut von Bildern.

Christa fand das lächerlich, absurd, abartig.

Vielleicht hat sie ja recht, dachte Wenzel. Und so ließ er sich Punkt 20 Uhr vor den schwarzen Kasten ziehen. Kaum hatte die Sprecherin oder der Sprecher begonnen, legte sich etwas Schweres, Dumpfes auf seinen Kopf, sickerte abwärts in das Gehirn und erreichte schließlich die Augenlider. Wenzel schlief ein.

Christa konnte dies nicht begreifen. Sonst klagte Wenzel stets über seine Geräuschempfindlichkeit. Wenn sie nachts nur ein wenig durch ihr linkes Nasenloch pfiff, das wegen einer Krümmung der Nasenscheidewand etwas eng geraten war, fuhr Wenzel aus dem Schlaf auf und behauptete, nicht mehr einschlafen zu können. Warum hielt ihn der Nachrichtensprecher nicht vom Schlaf ab?

Sie hatte Mühe, Wenzel wenigstens zur Wetter-vorhersage zu wecken.

Ob morgen sein Spaziergang von Regen oder Sonne begleitet werde, das müsste ihn doch interessieren, dachte sie.

Er aber meinte, er sei für alle Fälle gerüstet und halte es mit Mörike:

Herr! Schicke, was du willst.

Im ersten Monat nach Christas Einzug konnte Wenzel die Flut aus dem schwarzen Kasten tatsächlich nach der Tagesschau stoppen.

Dann begann Christa um eine Fortsetzung zu kämpfen. Ihre Lieblinge wollte sie sehen: Thomas Gottschalk etwa, den ewig goldblond Geringelten in „Wetten, dass ..?" oder Klausjürgen Wussow, den lächelnd Überlegenen in Weiß aus der Klinik unter Palmen. Auch hatte sie eine Schwäche für Kriminalserien. Immer ging es um Mord, die Endlösung aller Konflikte, und Christa gierte nach dem Radikalen, solange sie es mit der Fernbedienung in Schach halten konnte. Dazwischen Volksmusik aus dem Musikantenstadl, die Kastelruther Spatzen oder die Strakugler, das rüstete das Gemüt wieder auf.

Wenzel flüchtete nebenan auf das breite, wülstige Bett. Wie ein Schneider saß er darauf, denn unbequem musste es sein, wenn er sich Goethe näherte. Aber er kam nicht an ihn heran. Nichts war einfach und groß, alles verwirrt und klein.

Er starrte auf die Metamorphosen des Ovid und

durch die Ritzen der Tür schmetterte das Blech einer Schützenkapelle, jodelte die Sennerin.

So duldete er drei Abende, schluckte und schluckte. Am vierten Abend brach es aus ihm heraus. Auf sprang er, riss die Tür auf und stürzte mit erhobener Faust auf den schwarzen Kasten zu. Der erste Schlag brachte die Sennerin nicht zum Verstummen. Beide Fäuste reckte er nun hoch. Aber noch ehe sie niedersausten, hatte Christa geistesgegenwärtig den Knopf der Fernbedienung gedrückt. Bild und Ton stürzten ab ins Nichts. Wenzel tat es ihnen gleich. Er brach zusammen auf dem roten Buchara und schluchzte.

Christa legte sich neben ihn und tröstete. „Es tut mir ja so leid", flüsterte sie, strich ihm die wirren Haare zurück und küsste ihn sanft auf die hohe Stirn.

„Du musst es doch nur sagen, wenn du den Fernseher nicht mehr hören kannst, Wenzelchen! Dann knips ich ihn aus. Sofort knips ich ihn aus. Da musst du nicht mit den Fäusten darauf losgehen, du dummer Junge du!"

Christa half dem Verwirrten auf die Beine, führte ihn behutsam zu seinem Lesestuhl, legte das Lesepult auf die Armlehnen und stellte Wilhelm Meisters Wanderjahre darauf.

Noch einmal küsste sie Wenzel behutsam auf die Stirn, dann ging sie leise, fast auf den Zehenspitzen aus dem Wohnzimmer, setzte sich demütig an den Küchentisch und schälte Äpfel für einen Kuchen, den sie anderntags backen wollte.

Das alles hatte sich gestern abend ereignet und Wenzel holte sich die Bilder zurück auf seinem Baumstumpf, den die Frühlingssonne gewärmt hatte. Eigentlich, sagte er sich, hab' ich ja gesiegt. Eine Weile beharrte er auf diesem Gedanken und pumpte Luft in den Brustkorb, bis er an seine Grenzen stieß. Dann kam die Furcht zurück, Christa werde nicht nachgeben, nicht auf Dauer. Stück für Stück würde sie Fernsehzeiten zurückerobern. Zwei Schritte vor, einen Schritt zurück. Mit Fäusten war die dauerhaft nicht einzudämmen.

Wenzel erinnerte sich an das Experiment mit den Ratten. Zu eng in einen Käfig gepfercht, wurden sie aggressiv gegen die eigene Art. Noch mehr im Käfig und die Nähe wuchs zur tödlichen Gefahr. Die Ratten brachten sich gegenseitig um. Friedfertigkeit braucht Luft. Er kam nicht darum herum, eine größere Wohnung zu mieten, sagte er sich, koste es, was es wolle. Unter vier Zimmern ging es nicht. Vier Zimmer mussten aber ausreichen.

Eines wäre sein Arbeitszimmer mit dem Schreibtisch und dem Lesestuhl. Dann käme das Wohn-Ess- und Fernsehzimmer, multifunktional, könnte es den lärmenden Teil des Lebens einfangen.

Schließlich gäbe es zwei Schlafzimmer. Das mit dem wülstigen Doppelpolsterbett und den Metamorphosen des Ovid für Christa. Er würde es besuchen, wenn ihm nach Zweisamkeit dürstete. Daneben die reine Schlafstatt für ihn. Weiße Wände, das eiserne Bett, ein Schrank, der stumme Diener und Bilder, Bilder nur in seinem Inneren. Die große Wohnung beschwingte ihn. Wenzel sprang auf, schulterte den Rucksack und schritt zügig heimwärts. Trutzig-stolz deklamierte er aus der Seligen Sehnsucht:

> Und so lang du das nicht hast,
> dieses: Stirb und werde!
> Bist du nur ein trüber Gast
> auf der dunklen Erde.

VI

Josef Zborowski machte sich nützlich. Ohne ihn hätte die Sterndobler den Umzug in die große Wohnung kaum bewältigt. Er nagelte die Metamorphosen an die Wand, befestigte mit Schlagbohrer und Dübel den schweren Spiegel und schloss die Deckenleuchten mit einer Klemme an den Stromkreis, wobei er den zierlichen Schraubenzieher hurtig zwischen zwei Fingern drehte. Auch ging er der Sterndobler zur Hand, hielt den schweren Vorhang hoch, damit sie die Rollen in die Schiene schieben konnte und hob sie anschließend von der Leiter, die Hände nicht an ihrer Taille, sondern da, wo die Wölbung ihrer Kehrseite den Höhepunkt erreichte. Wohl bemerkte er mit Genugtuung, dass sie sich gegen solche Zudringlichkeiten nicht wehrte, was ihn auf gewisse Mängel in der Liebeskunst des Herrn Tischbein schließen ließ. Aber er hütete sich, auf diesem Weg ins Intimere fortzuschreiten. Liebe als Selbstzweck kann ich mir nicht leisten, sagte er sich. Dazu bringt die Vertretung der Fa. Bella entschieden zu wenig. Was soll ich mit einer armseligen Haushälterin? Frau Tischbein, das wäre etwas anderes. Da könnte ich ein wenig teilhaben. So lenkte er das Thema zielstrebig wieder auf das Verhältnis zu Wenzel Tischbein, als er von Frau Sterndobler zu Kaffee und glacierten Schneckennudeln eingeladen wurde, um neue Kräfte für die Umzugsarbeit zu schöpfen. Wenzel war auf seiner gewohnten Wanderung mit Goethe, von der ihn auch der Umzug nicht abbrachte.

Größerer Abstand in den vier Zimmern, so dozierte Zborowski, sei zwar einerseits segensreich, berge anderseits aber auch Gefahren in sich. Kühle könne sich ausbreiten in den Zwischenräumen. Besser ein hitzig streitendes Paar als ein erkaltetes. Sitze sie am Abend vor dem Fernseher, er aber bei Goethe, und liege sie nachts unter den Metamorphosen, er aber zwischen weißen Wänden, so falle jeder in seine alte Rolle zurück. Er in die des Gelehrten, sie in die der Haushälterin. Auf diese Weise sei für sie der Aufstieg in die höheren Stände kaum zu schaffen. Ob es genüge, Herrn Tischbein möglichst oft hinüberzulocken unter die Metamorphosen, wage er zu bezweifeln. Sie müsse schon ein wenig Anteil nehmen an dem, was er da ständig lese und memoriere, kurz an seinem Goethefimmel. Sie brauche das Interesse ja nur zu spielen. Frauen könnten alles spielen. Da seien sie den Männern weit überlegen. Sie solle ganz einfach Bildungshunger zeigen. Wenzel werde sie freudig füttern.

So etwa sprach Josef Zborowski. Natürlich länger, viel länger. Mit „Glauben Sie mir, gnädige Frau" und ähnlichem Schmäh, wie es sich für einen Österreicher geziemt.

Christa Sterndobler nahm sich die Ermahnungen zu Herzen. Eifrig suchte sie in ihrem Gedächtnis, ob ihr die einklassige Dorfschule etwas von Goethe vermittelt hatte. „Edel sei der Mensch, hilfreich und gut!" fand sie. Aber das war allzu kurz und sicher nur ein Stück von etwas, bei dem sie nicht weiter wusste.

Dann kam noch das Heideröslein. Stück für Stück rutschte es aus der Versenkung, bis auch der dritte Vers im Dämmerlicht ihrer Erinnerung zu buchstabieren war. „Und der wilde Knabe brach's Röslein auf der Heiden. Half ihr doch kein Weh und Ach, musst es eben leiden." Gerührt sagte sie die Zeilen eins ums andere mal, wobei das Ungestüm des verblichenen Lokomotivführers ihren

Tagtraum bedrängte.

Wenzel Tischbein war verwundert und beunruhigt, als er am Abend die jähe Wendung in Christas Gemütsleben bemerkte. Er wähnte alles im Alten. Christa servierte Bratkartoffeln und Leberkäs. Die Kartoffeln hatten genau den richtigen Bräunungsgrad und eine Flasche Weihenstephaner Bier, in den Steinkrug mit Zinndeckel gegossen, rundete die Behaglichkeit ab.

Fleißig sei sie gewesen, lobte Wenzel Christa. Die neue Wohnung nehme Gestalt an und habe bereits einen hohen Grad an Ordnung erreicht. Sicher sei auch jener Herr Zborowski von großer Nützlichkeit. Man müsse sich ihm gegenüber erkenntlich zeigen. Er habe da an einige Flaschen Bordeaux gedacht. Dann tätschelte er mit seiner linken Christas rechte Hand und meinte, nun könnten sie beide zufrieden sein mit ihrem neuen Heim. Sie seien zusammen und doch habe jeder sein Reich, in das er sich zurückziehen könne. „Was, liebe Christa, wollen wir mehr?" schloss er mit einer rhetorischen Frage, leerte den Bierkrug und klappte den Zinndeckel zu.

Christa aber wollte mehr. „Liebster", sagte sie, und ergriff seine Linke, die längst aufgehört hatte zu tätscheln. „Liebster, ich weiß so wenig von dir, was dich bewegt, was du denkst, wenn du mit deinem Goethe allein bist. Warum lässt du mich nicht ein wenig teilhaben? Freilich, ich hab' wenig gelernt. Aber ich bin begierig zu lernen!"

Dann erzählte sie von ihren Erinnerungen an Goethe in der Dorfschule und dass sie das Heideröslein noch könne. Und schon begann sie zu deklamieren, noch ehe Wenzel zu einem Beschwichtigungsversuch ansetzen konnte.

Christa bemühte sich korrektes Hochdeutsch zu sprechen. Das aber hemmte ihren Redefluss, hackte die Silben ab. Die Worte stelzten. Das Röslein rot verlor alle Farbe, vergilbte in der staubigen Schulluft.

Wenzel wand sich in Peinlichkeit. Vergeblich sann er auf ein Mittel, die Deklamation zu stoppen.

Christa, die Wenzels Abwehr spürte, wollte nicht aufgeben, sie wagte den Durchbruch nach vorne. Hochdeutsch oder nicht, den wilden Knaben, der das Röslein brach, schilderte sie mit Leidenschaft und glimmenden Augen.

Wenzel lobte ihren Eifer, auch ihr Gedächtnis, meinte aber, man könne nicht alles und jedes betreiben, müsse vielmehr seine Stärken erkennen und ausbauen. Die Deklamation von Versen sei nicht in ihren Genen angelegt. Das tue ihrer Persönlichkeit keinen Abbruch, bleibe ihr doch ein Füllhorn von Gaben. Er erinnere nur an ihre Kochkunst, die ihn täglich erlabe.

Wolle sie aber an Goethe teilhaben, schlage er vor, die Rollen zu tauschen.

Er lese vor, sie höre zu. Morgen beginne er mit einem neuen Werk, den „Wahlverwandtschaften". Die handelten von der Ehe und allerhand Wirrungen des Herzens und könnten vielleicht ihre Aufmerksamkeit fesseln.

Dass Wenzel sie vom Heideröslein an den Kochtopf verwies, kränkte Christa in ihrem Herzen. Aber sie sagte sich, jetzt sei nicht die Zeit aufzubegehren. Sie musste klug sein wie die Schlange. So hüpfte sie vor Begeisterung von einem Bein auf das andere und rief, dass sie sich freue, Wenzel lauschen zu dürfen. In Gedanken überschlug sie den Zeitplan. Spätestens um 22.30 Uhr würde Wenzel die Lesung beenden. Das private Fernsehen begann dann gerade mit Sex and Crime. Sie würde nichts versäumen.

Am nächsten Abend saß Christa auf einem Schemel, Wenzel zu Füßen, der seinen gewohnten Lesestuhl eingenommen hatte. Den Schemel hatte sie gewählt, um Demut zu zeigen, aber auch wegen der geringen Gefahr, auf diesem Möbel einzuschlafen.

Die Unterhaltung zwischen dem Ehepaar Eduard und Charlotte, mit der die Wahlverwandtschaften beginnen, kam ihr von Anfang an sehr merkwürdig vor. Jeder stelzte mit seiner Höflichkeit um den anderen, als hätten sie noch nie zusammen im Bett gelegen. Nur einen Satz der Charlotte konnte sie nachvollziehen, von dem sie glaubte, er enthalte das Wesentliche: „So lass mich denn dir aufrichtig gestehen, dass diesem Vorhaben mein Gefühl widerspricht."

Also doch eine normale Frau, dachte sie. Ein Ehepaar und einen kampferprobten Hauptmann dazu holen, da muss ja Unheil heraufziehen. Christa stellte sich vor, wie es wäre, wenn Josef Zborowski, von Wenzel eingeladen, hier einzöge. Da hätte sie es schwer, Ordnung in ihrem Herzen zu halten. Das beschäftigte ihre Fantasie so heftig, dass sie das Ende des ersten Kapitels und Wenzels Verstummen nicht wahrnahm. So blieb es ihr auch erspart, über den Satz zu rätseln, dass es in manchen Fällen notwendig und freundlich sei, lieber nichts zu schreiben als nicht zu schreiben.

VII

Das zweite Kapitel, von Wenzel am nächsten Tag in wohliger Beschaulichkeit ausdrucksvoll, aber ohne lebhafte Gemütsbewegung vorgetragen, endete in unerwarteter Dramatik. Christa, auf ihrem harten Schemel gekrümmt, bemühte sich angestrengt bei der Sache zu bleiben, was man schon ihrem mehrfachen, verwunderten Kopfschütteln entnehmen konnte, mit dem sie Äußerungen der Romanheldin Charlotte begleitete. Nahm diese doch ihrem Ehemann Eduard den Ausspruch ab, die junge Ottilie sei mit ihren wunderschönen Augen zwar hübsch, habe aber nicht den mindesten Eindruck auf ihn gemacht. Darauf erwidert Charlotte wohlgesetzt: „....ob sie gleich viel jünger ist als ich, so hatte doch die Gegenwart der älteren Freundin" - damit meinte sie sich selbst - „so viel Reize für dich, dass du über die aufblühende versprechende Schönheit hinaussahest. Es gehört auch dies zu deiner Art zu sein, deshalb ich so gern das Leben mit dir teile." Ist das nun naiv oder raffiniert? Einen Augenblick dachte Christa darüber nach und hatte sich gerade für „äußerst raffiniert" entschieden, als Wenzel in seinem Vortrag stockte. Sein Gesicht entfärbte sich, bis es weiß war wie die Schlafzimmerwand. Seine Augen glotzten trübe und der Schweiß quoll aus den Poren der hohen Stirn. Anstelle klassischer Prosa kam unartikuliertes, ja fast tierisches Stöhnen aus dem Mund. Mit beiden Händen griff er nach dem rechten Oberbauch, als könne er etwas festhalten, was dort zu explodieren drohte.

„Wenzelchen, was ist dir?" rief Christa erschrokken und wischte mit ihrem Taschentuch den Schweiß von der edlen Stirn. Sie konnte sich nicht denken, was ihren Wenzel plagte. Eduard und Charlotte waren es gewiss nicht. Eher schon das fette Wellfleisch vom frisch geschlachteten Schwein, das sie mit Sauerkraut und Pellkartoffeln zum Abendessen bereitet hatte, gegen den Protest Wenzels übrigens, dem nur die Pellkartoffeln behagten. Aber Christa hatte auf Wellfleisch bestanden. Wenn sie schon anschließend Goethe hören musste, wollte sie etwas Deftiges im Magen haben. Wenzel hatte nachgegeben. Und jetzt hatte sie die Bescherung.

„Komm Wenzelchen, ich bring' dich ins Bett!" sagte sie. Und er wankte mit ihr hinüber zur eisernen Bettstatt. Wie ein Kind zog sie ihn aus und legte ihre Patschhändchen auf seinen heißen Bauch. Aber es half nicht. Er schrie vor Schmerzen und riss seine Augen angstvoll auf, als komme der Sensenmann auf ihn zu.

Da eilte Christa in ihrer Not ans Telefon, um Josef Zborowski anzurufen, weil der sich doch auskannte im Leben. Und Zborowski wusste Bescheid.

„A' Gallensteinkolik is dös. Da bin i' sicher. Des fette Wellfleisch passt a' dazu. Höllische Schmerzen san des. Der arme Tischbein! Hat er a' net verdient!" Den Notarzt werde er sogleich rufen, damit er Wenzel eine krampflösende Spritze gebe. „I' ruf den", schloss er zartfühlend. „Net verzag'n, gnä' Frau, der werd' scho' wied'r."

Der Notarzt stand in der Ausbildung zum Gynäkologen. Dennoch hatte er keine Bedenken, die Ferndiagnose des Herrn Zborowski, von der Christa berichtete, ohne Zögern zu übernehmen. Die Spritze setzte er mit Feingefühl, für den nächsten Tag empfahl er den Besuch eines Gastroenterologen. Nach dem Studium des Branchentelefonbuchs entschied sich Wenzel, einen Dr. Vorndran aufzusuchen, da er meinte, der Name bürge für guten Wissensstand.

In der Tat forschte Dr. Vorndran mit Hilfe des Endoskops viele Stunden in Mägen und Därmen. Seine Augen hatten dabei einen spähenden Tunnelblick angenommen. Bezog man die stets etwas gerümpfte Nase mit ein, erinnerte der Gesichtsausdruck an den eines schnüffelnden Hundes. Bei Wenzel beschränkte sich Dr. Vorndran auf die Sonographie. Der Ultraschall zauberte Wenzels Gallenblase auf den Bildschirm.

„Schön, sehr schön", fand Dr. Vorndran das schwarz-weiße Geflimmer, so dass Wenzel schon Hoffnung schöpfte, ungeschoren davonzukommen. Aber schön, das waren für Dr. Vorndran die klar erkennbaren Konturen dreier Gallensteine, die die Gallenblase zu einem erheblichen Teil füllten. Wenzel sollte sich die Prachtexemplare selbst anschauen. Er drehte darauf seinen Hals so unglücklich, dass ihm ein durchdringender Schmerz in den Nacken stach und er vorgab die Steine gesehen zu haben, nur um in Ruhe gelassen zu werden.

Dr. Vorndran riet dringend zur Operation. Die steingefüllte Gallenblase müsse so bald wie möglich entfernt werden. Das sei noch immer der einzig sichere Weg zur dauerhaften Heilung. Wer, der sie mitgemacht hat, wünsche schon eine Wiederholung der Gallensteinkolik? Zunächst aber solle das Geschehen sich beruhigen. Dazu sei strenge Diät vonnöten. Kleine Mahlzeiten aus Haferschleim, Zwieback oder Knäckebrot. Allmählich dann ein wenig Kartoffelpüree mit Karotten, später mageres Fleisch vom Geflügel oder vom Kalb.

Vorsicht mit jeder Fettzufuhr! Gebratenes sei streng zu meiden. Kein Kaffee, kein Alkohol. Nur Wasser und Obstsaft, aber nicht zu kalt.

Was die Operation anlangt, so empfehle er baldige Anmeldung. Professor Zuschneider, eindeutig der beste Mann auf diesem Gebiet, sei meist auf Wochen ausgebucht. Aber er vermittle gerne, habe da so seine Beziehungen. Zuschneider und er seien Korpsbrüder.

Das Urteil des Dr. Vorndran vermochte Wenzel Tischbein nicht zu beruhigen. Im Gegenteil, er kehrte in seine Wohnung zurück, angefüllt mit Furcht und Ungewissheit. Goethe war als Nothelfer nicht zu gebrauchen. Mit Krankheit befasste sich der Dichter nicht gern. Weder unter Galle noch unter Operation konnte Wenzel im Lexikon der Goethezitate etwas finden.

Es blieb nur Christa als Trösterin. Und Christa erfasste ihre Chance. Wenzel steckte in der Krise. Es lag an ihr, den Läuterungsprozess zum richtigen Ende zu führen.

Den Mantel der Mütterlichkeit hüllte sie um Wenzel und seine Gallensteine. Das Kind im Manne will gepflegt sein. Der kranke Mann aber ist nur noch Kind. Christa nahm das Kind an, ohne wenn und aber. Alle Ansprüche an Wenzels Männlichkeit hatte sie vergessen. Sie rührte ihre Liebe in das Haferschleimsüppchen, legte feuchtheiße Wickel auf seinen Bauch und streichelte allenfalls seine vom Angstschweiß benetzte Stirn oder sein schütteres Haar. Die Angst schmolz in der mütterlichen Wärme. Aber nachts, wenn Wenzel allein lag in seiner eisernen Bettstatt, kehrte sie wieder. War sie ihm denn sicher, die Wärme der großen Mutter? Konnte sie ihm Christa nicht jederzeit entziehen und die Kälte würde ihm unter die Haut kriechen? Was band Christa an einen kranken Mann? Warum sollte sie bei ihm ausharren?

Als die Furcht ihm den Schweiß aus den Poren trieb und den Schlafanzug nässte, rief er aus Leibeskräften „Christa". Als hätte sie im Schlaf auf diesen Schrei gewartet, stand Christa Sterndobler nach wenigen Sekunden neben seinem Bett, barfuß, das lange weiße Nachthemd mit beiden Händen ein wenig geschürzt. „Christa", hauchte Wenzel, „Liebling, wie schön, dass du da bist. Du darfst mich nicht verlassen. Niemals. Du musst bei mir bleiben, für immer bei mir bleiben, verstehst du?"

Christa verstand durchaus. Sie zwängte sich zu Wenzel ins eiserne Bett, so gut es eben ging, umklammerte seine Schultern und flüsterte in sein linkes Ohr: „Immer Wenzelchen, immer. Bis dass der Tod uns scheidet!"

Wenzel ergab sich in diese Botschaft, als könne sie ihn erlösen.

„Bis dass der Tod uns scheidet, Christa, Liebling", flüsterte er zurück.

Christa hielt ihn umklammert und wartete auf seinen Schlaf. Sie ertrug den Schmerz, den die eiserne Bettkante in ihre rechte Seite bohrte in der sicheren Gewissheit, Wenzel habe ihr eben die Ehe versprochen.

Wenzel bestritt dies auch nicht. Anderntags beim kargen Frühstück eröffnete er Christa, er habe nun den Mut zur Operation gefunden und werde sich morgen bei Professor Zuschneider anmelden. Habe er die Operation gut überstanden, woran er nicht zweifle, sollten sie unverzüglich das Aufgebot bestellen und den Hochzeitstermin festlegen.

Christa sprang auf, umarmte ihn und versicherte ihrem blassen Bräutigam, wie glücklich sie sei.

Es war Josef Zborowski, der bei seinem Nachmittagsbesuch auf Beschleunigung drängte. Christa gratulierte er zur Verlobung. Aber er schalt sie, auf halbem Wege stehen geblieben zu sein.

V o r der Operation müsse Wenzel aufs Standesamt. Das sei doch mit Händen zu greifen. Bleibe Wenzel unterm Messer, was unser Herrgott verhüten möge, sei sie ohne Versorgung, wenn man von der kargen Witwenrente aus den wenigen Dienstjahren des verblichenen Lokomotivführers absehe.

Er werde da mit Wenzel Tischbein ein Gespräch unter Männern führen.

Das tat er dann auch. Behutsam legte er dar, wie beruhigend es für Wenzel sei, die familiären Verhältnisse schon geordnet zu wissen, wenn er in die Klinik gehe. Entspannte Ruhe befördere die Genesung ungemein. Nur ganz am Rande erwähnte er Christas Versorgung für den Fall des Falles, den er meinte fast hundertprozentig ausschließen zu können.

Wenzel Tischbein willigte in die Schnelltrauung ein, wenn alles unauffällig und im kleinsten Kreise zu bewerkstelligen sei. So gingen sie schließlich zu viert aufs Standesamt. Neben den Brautleuten die beiden Trauzeugen, Josef Zborowski und Anne Wurzler, die Frau des Hausmeisters Hans Wurzler, der im Tiefgeschoss weit unter Tischbeins Wohnung sein Wesen trieb. Christa hatte sich mit der Hausmeisterin angefreundet, da sie sich auf der Ebene des Tiefgeschosses ohne viel Worte verstanden.

Das Bild des Berufsfotographen, nach vollzogener Trauung auf der Treppe des Rathauses geschossen, zeigt eine heterogene Gruppe: Der Bräutigam im Stresemann, schwarz-weiß gestreifte Hose, graue Weste und schwarze Jacke, blass, aber kerzengerade aufgerichtet in der Würde eines Geheimrats, daneben die Braut im rosafarbenen Kostüm, dessen Schnitt Coco Chanel in stümperhafter Weise nachempfunden war, der

Rock entschieden zu kurz für die stämmigen Beine, die darunter ihren ausufernden Ursprung nahmen, und auf dem Kopf ein nach vorne geneigtes Schiffchen, gleichfalls in Rosa, dessen Keckheit mit der Biederkeit des breitknochigen Gesichts nicht harmonieren wollte. Den linken Flügel bildete Josef Zborowski im dunkelblauen, zweireihigen Blazer mit blinkenden Goldknöpfen, den er duch eine stechend gelbe Seidenkrawatte ins Unsolide verfremdete. Auf dem rechten Flügel stand die Hausmeisterin. Sie huldigte dem Frühling in hellgrünem Leinen.

Josef Zborowski flüsterte der Braut beim anschließenden Diätessen zu, er habe eben dieses hellgrüne Kostüm mit Sicherheit im Katalog eines bekannten Versandhauses gesehen. Lassen wir das Kleidungsstück daher lieber unbeschrieben und heben wir nur rühmend hervor, dass Frau Wurzler auf jeden Kopfschmuck verzichtet hatte und ihre wasserstoffblonden kurzen Ringellocken unverhüllt zeigte.

Sooft Wenzel Tischbein später auf dieses Hochzeitsbild blickte, dachte er daran, welches Glück Goethe doch hatte, vor dem Zeitalter der Photographie gelebt zu haben. Ein Hochzeitsbild Goethes mit der Vulpius, nein, Wenzel wagte nicht, sich das auszumalen.

VIII

Josef Zborowski saß im abgeschabten halbrunden Ledersessel englischer Machart, den er vor wenigen Wochen auf dem Trödelmarkt erwerben konnte. Die Weinflasche stand neben ihm auf dem fleckigen Teppichboden. Das Glas hielt er in der Hand. Er hatte es nun schon zum dritten Mal geleert. Zwar war der Bordeaux keineswegs als grand cru gekennzeichnet, dergleichen ließ sich im Keller des Herrn Tischbein nicht finden, aber der Wein lief angenehm über die Zunge, voll und saftig, zeigte viel Frucht und klang mit Eleganz aus. In ausreichender Menge genossen, versetzte er Zborowski in jene Stimmung, die er liebte, wenn er allein sein musste. Die Welt war in Watte gepackt, er schwebte auf einer Wolke zarter Melancholie und pflegte das Mitleid mit sich selbst.

Oder war er etwa nicht zu bedauern, wenn er aus seinem Einzimmer-Appartement im Hinterhof auf die schmutzige Bretterwand eines Werkzeugschuppens und die vereinigten schwarzen Mülltonnen des Mietblocks blickte? Tiefer ging es nicht mehr, auch nicht billiger. Er war schon drei mal umgezogen.

Das Glück ist mir nicht mehr hold, dachte er und schenkte sich das vierte Glas ein. Bella brachte immer weniger. Da ging er treppauf und treppab und an den meisten Türen öffnete niemand. Die

Emanzipation trieb die Frauen aus dem Haus. Sie warteten nicht mehr auf den Briefträger, den Kaminfeger oder den Kosmetik-Vertreter. Das schlimmste war, wenn man Schritte hörte, trippelnde, weibliche Schritte und die Tür sich doch nicht öffnete. Hinter der Tür blieben sie stehen. Zborowski hörte, wie sie die Abdeckung des Gucklochs auf die Seite schoben. Dann begann der Blickwechsel, der alles entschied. Zborowski spürte ihre musternden Blicke. Waren die Schritte hinter der Tür bedächtig gewesen, versuchte er es mit Seriosität, straffte seinen Rücken, hob den Kopf und blickte ernst und entschlossen gerade aus, nicht auf das Guckloch, sondern ein gutes Stück darüber. Ließ das Getrippel auf jugendlichen Überschwang schließen, versuchte er den direkten Blickkontakt. Seine immer noch weißen Zähne bleckte er dann zu strahlendem Lachen, schob Grübchen in seine höhensonnen-gebräunten Wangen und ließ jugendliches Feuer in seinen dunklen Augen aufglimmen. Können Sie sich nach all den Anstrengungen die Enttäuschung vorstellen, wenn sich das Guckloch mit vernehmbarem Klick wieder schloss und die trippelnden Schritte sich entfernten?

Zborowski konnte die Erinnerung daran selbst nach dem vierten Glas nur schwer verkraften. Hilfesuchend sah er hinüber zu dem kleinen Silberrähmchen auf dem Bücherregal in Kunststoff-Nussbaum-Imitation. Ich kam, sah und siegte, dachte er und lächelte wieder, wenn auch schmerzlich, denn etwas anderes ließ die Wolke aus Rotwein nicht zu. Eva Dotterweich, so meinte er zu bemerken, sah mit verzeihender Güte aus dem Rähmchen. Sie hatte ihm nicht nur die Tür geöffnet, sondern alsbald auch ihre Arme, so wie es ihm in früheren Jahren dutzende mal wiederfahren war. In der ersten Jugend war sie nicht mehr. Ihr Körper floss schon ein wenig über, wie ihr ganzes Wesen dazu neigte, sich zu verströmen. Aber Charme hatte sie und Temperament und nicht eine Spur von Kleinlichkeit. Zborowskis Erinnerungen gerieten ins Schwärmerische. Was sie mir an Bella-Produkten abgekauft hat, war einmalig, dachte er. Wo sie das Zeug nur hingeschafft hat. Jedenfalls roch sie nie danach und damit, so empfand es Zborowski, zeigte sie nicht nur Geschmack, sondern auch Taktgefühl.

Nicht anders verhielt sie sich, als er sie um einen Überbrückungskredit von 2.000 DM gebeten hatte mit der Behauptung, die Fa. Bella sei in Zahlungsverzug. Sie gab ihm die beiden braunen Riesen mit einem wissenden Lächeln, das jedes Unrechtsbewusstsein, wäre es denn in ihm erwacht, sofort eingeschläfert hätte. Dem Wissenden geschieht kein Unrecht. Nur die Sache mit dem goldenen Armband hat sie überfordert, dachte Zborowski. Er hätte dies voraussehen müssen.

Zborowski traf der Ärger über seine Kurzsichtigkeit hart und ernüchternd, und die Wolke aus Rotwein vermochte ihn nicht davor zu schützen.

Das Armband hatte auf Evas Nachttisch gelegen. Es sprang ihm ins Auge, als Eva sich aus seinen Armen löste, versicherte selig zu sein und fest die Augen schloss, um diese Seligkeit noch eine Weile festzuhalten. Der Griff nach dem Gold war in dieser Situation einfach vorprogrammiert, zumal das Schicksal ihm zwar keine Hosentaschen, wohl aber eine Hemdbrusttasche belassen hatte, um das Geschmeide darin verschwinden zu lassen. Achthundert Mark brachte die Beute im Pfandhaus. Den Verlust von Evas Großmut wog dieses Geschäft wahrhaftig nicht auf.

Eva Dotterweich war außer sich. Sie konnte ihre Seligkeit mit dem profanen Diebstahl einfach nicht in Einklang bringen. Da fehlte es ihr an Weltläufigkeit, dachte Zborowski und schaute bedauernd hinüber zum Silberrahmen. Er tat sich immer noch leid, wenn er an die peinlichen Szenen und den Hinauswurf dachte, der ihm die Bekanntschaft von Christa Sterndobler verschafft hatte.

Zwischen den beiden Frauen war kein Vergleich. Zborowski stellte es mit wehmütigem Bedauern fest. Ein Unterschied wie zwischen einem cru der gehobenen Klasse und einem braven, soliden Landwein.

Aber etwas besseres hatte sich nicht gefunden.

Treppauf, treppab, allenfalls eine offene Tür, nie mehr offene Arme. Ob er unansehnlich geworden war, aus der Form geraten, ohne Ausstrahlung?

Zborowski erhob sich, obgleich es ihm nach dem fünften Glas Rotwein schwer fiel. Er schwankte hinüber zu dem großen, mannshohen Spiegel, den er als notwendiges Werkzeug über alle Umzüge ins Tiefere hinweg gerettet hatte.

Er sah wie das Hemd über dem Gürtel spannte und eine Wölbung abzeichnete, die er - als Mann von Welt - als Embonpoint zu bezeichnen pflegte. Jedenfalls bei anderen. Bei sich zog er ärgerlich das Hemd ein wenig aus dem Gürtel und bauschte es so sehr, dass die Wölbung nicht mehr zu erkennen war. Na also, sagte er dann laut vor sich hin. Auch fuhr er mit den Händen durch sein dichtes dunkles Haar und fand nur wenige Silberfäden darin. Die Zunge streckte er heraus, freute sich an dem kräftigen, gesunden Rot und ließ schließlich seine Augen rollen, ohne etwas Trübes darin zu erkennen. Weiber, knurrte er, blöde Weiber.

Dann ging er zu dem englischen Ledersessel zurück, ließ sich hineinfallen und stierte eine Weile ins Leere.

So ganz allmählich tauchten die Umrisse Wenzel Tischbeins auf aus den dichter gewordenen Wolken des Rotweins. Der Goethe, murmelte er, der Goethe höchstselbst. Er schaute auf seine Armbanduhr. Längst vorbei, sagte er zu sich. Der

Goethe hat keine Gallenblase mehr. Ein Goethe ohne Gallenblase ist kein Goethe. Ich sollte die Christa anrufen, ob er wohlbehalten ist, der Goethe ohne Gallenblase.

Na ja, es könnte doch etwas passiert sein, ein Herzversagen in der Narkose, ein Kreislaufzusammenbruch oder eine Embolie danach, Fettembolie vielleicht. Der echte Goethe war doch ganz schön ..... Aber der hat ja die Gallenblase noch gehabt.

Wir trauern um Wenzel Tischbein, Oberstudienrat. Einen Monat würde Christa schon schwarz gehen. Nicht so lang wie beim Lokomotivführer. Dann hätte er seine Chance. Lebensgefährte. Die Witwenpension bescheiden, aber sicher. Jeden Ersten bis zum Lebensende. Die Grundversorgung stünde auf festen Beinen. Solide gekochtes Essen, Vierzimmerwohnung statt Hinterhofzimmer. Natürlich nicht in die eiserne Bettstatt. Man ist doch kein Fakir! Die Preußenliege wäre für den Sperrmüll. Er ließe sich vom Polsterbett nicht vertreiben.

Ein wenig spießbürgerlich? Mag schon sein. Aber Sicherheit ist mit zunehmendem Alter nicht zu verachten. Lebensgefährte einer Beamtenwitwe. Das ist doch was! Ein wenig Abenteuer und ein Zubrot können immer noch in Nebentätigkeit gesucht werden. Das geht dann nach Lust und Laune und ist nicht mehr der Kampf ums tägliche Brot. Ein kleiner Coup von Zeit zu Zeit, um die

Haushaltskasse aufzubessern oder Christa bei Laune zu halten mit einem charmanten Präsent.

Eigentlich war er fast überzeugt vom Ableben des Wenzel Tischbein, als er endlich den Hörer abhob und Christa Tischbeins Nummer wählte.

„Hallo Christa," sagte er, „wie geht's unserm Goethe ohne Gallenblase?" Die Zeiten der gnädigen Frau und „Küss die Hand" waren vorbei. Wenzel Tischbein hatte am Tag, bevor er in die Klinik ging, in einem Anfall von Rührseligkeit vorgeschlagen, sie sollten sich duzen, und Christa war einverstanden.

Christa merkte am Tonfall, dass Josef Zborowski nicht mehr nüchtern war. „Du rufst spät an, Josef", sagte sie ungnädig, „und du hast getrunken!"

„Vor lauter Angst hab' ich getrunken, vor lauter Angst, dass deinem Wenzelchen etwas zustoßen könnte. Vor lauter Angst, verstehst du Christa. Sag' endlich, wie es ihm geht!" Josef Zborowski sprach mühsam und stockend, aber mit der Überheblichkeit des Trunkenen.

„Es ist alles gut verlaufen. Ich hab ihn schon am Telefon sprechen können. Er lässt dich grüßen," sagte Christa.

„Alles gut verlaufen", wiederholte Josef, als könnte er es nicht glauben. Und nach einer längeren Pause murmelte er: „Dann auf später! Auf später, eben."

Christa verstand nicht, was er meinte. „Was sagst du?" fragte sie. „Auf später", wiederholte er.
„Ich mein, ich besuch dich morgen und den Wenzel auch! Und gute Nacht bis dahin!"
Er legte den Hörer auf, ohne ihren Abschiedsgruß abzuwarten.

IX

Die Klasse 10a hatte sich angestrengt. Wiesent, Müller und Edelmann waren unter die Dichter gegangen. Eine Stunde lang hatten sie Silben gezählt und Reime probiert. Nun stand das Ergebnis in Zierschrift an der Tafel:

> Der Goethe ist genesen
> an einem zarten Wesen.
> Wir wünschen für die Zweisamkeit
> ihm Glück, Erfolg, Zufriedenheit!

Edelmann, den der Kunsterzieher von Jahr zu Jahr mit der Note 1 prämierte, hatte den Vers mit einer Rosengirlande ummalt. Die Kreide in rosa musste er zukaufen, weil sie in der Schule nicht vorrätig war. Als Wenzel Tischbein das Klassenzimmer betrat, zum ersten Mal nach seiner Operation und der vorangegangenen Schnelltrauung, wunderte er sich über die gespannte Aufmerksamkeit, die heitere Erwartung, die ihm entgegenblickte. Er beschloss, darauf nicht einzugehen, murmelte ein „Guten Morgen", beiläufig wie immer, wies die Schüler an, Caesars „De bello Gallico" aufzuschlagen und rief Edelmann auf, zu übersetzen.

Der war nicht gesonnen, sich um die Früchte seiner künstlerischen Mühen bringen zu lassen.

„Herr Tischbein", sagte er, um ausgesuchte Höflichkeit bemüht. „Darf ich Sie bitten, sich zuerst für einen Augenblick der Tafel zuzuwenden. Es wartet dort eine Überraschung auf Sie."

Tischbein zögerte eine Weile. Er fand es unpassend, das Geschehen im Klassenzimmer - und sei es nur für einige Minuten - durch einen Schüler bestimmen zu lassen.

Dann konnte er der gespannten Erwartung von dreißig Schüleraugen nicht länger widerstehen. Er drehte sich um und las schweigend.

Für einen Augenblick drang durch die Maske der Erhabenheit auf seinem Gesicht ein Lächeln der Rührung. Aber die Schüler sahen nur seinen Rükken, der steif und aufrecht blieb.

Als er sich zur Klasse zurückwandte, hatte er die Distanz der Erhabenheit wieder gewonnen.

„Wie sagt doch Goethe in Dichtung und Wahrheit?" bemerkte er in gestelzter Ironie, „Frauenzimmer, Freunde, Gönner werden nicht schlecht finden, was man ihnen zuliebe dichtet. Und so sage ich: ein schönes Gedicht, trefflich gereimt, meine Lieben. Auch die graphische Gestaltung in Schrift und Dekor verdient Lob und Anerkennung. Ich habe mich gefreut und danke für die guten Wünsche!

Ohne im entferntesten Kritik üben zu wollen, darf ich doch anmerken, dass die ersten beiden Zeilen des Verses dreifüßig, die folgenden Zeilen aber vierfüßig gehalten sind. Ein solcher Wechsel ist nicht unstatthaft. Größere Geschlossenheit allerdings hätte der Vers bei Gleichfüßigkeit in allen Zeilen erreicht."

„Ich denke," fuhr er nach kurzer Zäsur fort, „wir sollten uns nicht länger durch Privates vom Unterrichtsstoff fernhalten lassen. Edelmann kann uns nach seiner Malkunst seine Übersetzungskünste zeigen. Ich bitte darum."

Das war ganz der alte „Goethe", dachten die Schüler und doch hatte sich etwas verändert. Edelmann versuchte sich gerade stotternd am zweiten Satz, als Steinfurtner in der letzten Bank der Fensterreihe Spielkarten aus der Jackentasche zog und begann, mit seinem Nebensitzer Hinterberger 66 zu spielen. Alles wartete auf den Zorn des Olympiers. Aber Goethe schien den Frevel gar nicht zu bemerken. Nicht erst diese offensichtliche Aufsichtsschwäche verriet Veränderung. Schon die Tatsache, dass Steinfurtner gewagt hatte, Goethe herauszufordern, sprach für eine beginnende Herrschaftskrise. Steinfurtner hatte einen Riecher für Schwachstellen am Lehrkörper und er täuschte sich selten. In der Tat war Goethe unkonzentriert, ja sekundenweise geradezu geistesabwesend, eine Verfassung, die sich Dompteure und Lehrer nicht leisten können, ohne erheblichen Gefahren ausgesetzt zu sein.

Wenzel Tischbein brachte die Bilder von seiner Heimkehr aus der Klinik nicht aus dem Kopf, und die verdrängten Hinterberger und Steinfurtner.

Christa hatte ihn mit dem Taxi abgeholt. Sie zeigte jene mütterliche Besorgtheit, die sie sich seit seiner Erkrankung angewöhnt hatte. Geschäftig fragte sie, ob es ihm nicht zu heiß sei im Auto. Ohne seine Antwort abzuwarten, öffnete sie ihm den obersten Hemdknopf, wischte ihm mit dem Taschentuch über die Stirn, obgleich kein Schweißtropfen darauf zu bemerken war und wedelte ihm mit ihrem Halstuch Luft zu, die unangenehm nach schwerem Parfum roch. Er wäre gerne abgerückt. Aber das Auto ließ keinen Spielraum.

Unter der Haustüre wartete Josef Zborowski auf sie. Er zeigte dieselbe Geschäftigkeit. Mit beiden Armen zog er Tischbein aus dem Taxi, als bräuchte der einen Gebrechlichkeitspfleger. Dann umarmte er ihn wie einen russischen Männerfreund, klopfte ihm den Rücken und rief: „Wie schön, dass du wieder da bist, Wenzel. Willkommen daheim." Ich hätte ihm nie das Du anbieten sollen, dachte Wenzel. Er rückt mir auf den Leib. Dann gingen sie die Treppe hinauf. Wenzel schritt voran. Zwei Stufen hinter ihm gingen

Christa und Josef. Christa trug Wenzels Jacke, Josef seine Reisetasche. Auf dem zweiten Treppenabsatz drehte sich Wenzel nach den beiden um. Er sah, wie sie sich anlachten, breit und gewöhnlich. Offenbar verstanden sie sich ohne Worte. Da ergriff plötzlich der Gedanke von ihm Besitz, nicht er sei mit Christa Sterndobler verheiratet, sondern Josef Zborowski. Herr und Frau Zborowski, so konnte es sein. Sie wohnten unten im Tiefparterre des Hauses und versahen die Hausmeisterstelle. Ziemlich gewöhnliche, aber für diesen Beruf brauchbare Leute.

Für einen Moment fand Wenzel Tischbein diese Sicht der Dinge in Ordnung, ja, es schien ihm etwas zurechtgerückt, was sich ins Unordentliche verschoben hatte.

Aber dann wurde ihm sehr rasch bewusst, dass Christa die Sorge um sein körperliches Wohl nicht nur in der Küche übernommen hatte. Tisch und Bett hatte Christa harmonisch zusammengefügt und das für ihn, für ihn allein. Da war kein Platz für einen Dritten. Ausschließlichkeitsrechte hatte er auf dem Standesamt erworben und Christa und Josef hatten ihn geradezu dahin gedrängt. Als Josef die Reisetasche vor der Wohnungstüre absetzte und darauf wartete, dass Christa die Tür aufschloss, betrachtete Wenzel ihn erstmals mit Misstrauen. Ein Leichtgewicht, dachte er. Der hat keinen Anker im Grund.

Aber Christa bat diesen Menschen herein, als gehörte er zur Familie. Auch hatte sie drei Gedecke aufgelegt im Wohnzimmer. „Josef isst doch mit uns zu Abend!" erwiderte sie auf den fragenden Blick ihres Mannes.

Da begehrte Wenzel auf, als müsste er dem Beginn eines Unheils wehren. Um Verständnis bitte er, sagte er zu Josef Zborowski gewandt. Aber er sei müde, noch nicht voll genesen. Ein Gast sei ihm zu anstrengend. Er wolle heute abend mit seiner Frau allein sein. Josef Zborowski blieb die Liebenswürdigkeit in Person. Er war nicht einen Augenblick verlegen, äußerte volles Verständnis, küsste Christa nachdrücklich die Hand, umarmte den widerstrebenden Wenzel und entschwand mit übertriebener Hurtigkeit.

Christa aber war empört. So brüskiere man nicht einen Freund, der sich in den Stunden der Not als treuer Helfer erwiesen habe. Geradezu skandalös sei diese Taktlosigkeit, auch ihr gegenüber, die sie Josef doch eingeladen habe. Wenzel steigerte sich in den Vorwurf: „Dieser Josef ist dir offensichtlich wichtiger als ich!"

So endete die Heimkehr des von der Gallenblase befreiten Wenzel Tischbein mit Geschrei und dem Rückzug in die eiserne Bettstatt, in der ihn Christa nicht behelligte.

Das alles füllte Wenzels Kopf in der Schulstube. Und so ließ er Edelmann fast eine ganze Seite übersetzen, ohne ihm zuzuhören. Edelmann wurde dabei immer kecker und stotterte Unsinn vor sich hin.

Allmählich regte sich Gemurmel in der Klasse. Man begann sich zu unterhalten. Schließlich rettete Wassermann in der vorletzten Bank auf der Wandseite die Situation mit Waffengewalt. Mit Hilfe eines Gummis schoss er einen Papierspicker scharf am rechten Ohr Wenzels vorbei an die Tafel, wo das Geschoss mit hellem Knall abprallte.

Das Geräusch rief Wenzel zur Besinnung. „Edelmann", sagte er, „du hast genug gefaselt. Ich sage euch nun, was Caesar wirklich geschrieben hat."

So ging die Stunde in ordentlichen Bahnen zu Ende.

Edelmann aber bemerkte zu Wiesent: „Der Goethe, der g'fällt mir gar nicht. G'sund ist der bestimmt noch nicht"

X

Nunmehr seit einigen Wochen im Stand der Ehe, beobachtete Christa auffallende Veränderungen im Verhalten des Familienfreundes Josef Zborowski. Hatte er ihr bisher in geziemender Weise den Hof gemacht, was sie durchaus zu schätzen wusste, wurde er nun in wachsendem Maße zudringlich, so als ob sie durch den Ehekontrakt jagdbar geworden wäre.

Nachdem Wenzel seine Wanderungen mit Goethe wieder aufgenommen hatte, erschien Josef häufig zu nachmittäglichen Unterhaltungen. Dabei dehnte er seine begrüßenden Hand- und Wangenküsse mehr und mehr aus. Auch nützte er jede Gelegenheit, um mit den figürlichen Höhepunkten Christas in Berührung zu kommen, und begleitete solche Aktionen mit anzüglichen Reden. Es wäre ungerecht, Christa vorzuwerfen, sie hätte diesen Jagdeifer herausgefordert oder gar angestachelt. Er kam ihr im Augenblick eher ungelegen und sie versuchte, ihn durch beherrschte Kühle und sanfte Zurückweisung einzudämmen. Noch hatte sie die redliche Absicht, ihre mühsam erkämpfte Ehe mit Leben zu füllen.

Wenzel allerdings machte es ihr schwer. Seit seiner Erkrankung hatte er sich in seiner eisernen Bettstatt verschanzt und war kaum auf weiche Polster zu locken. Abends las er still in den Wahlverwandtschaften und unternahm keinen Versuch mehr, Christa in die Lektüre einzubeziehen. Vielleicht, dachte Christa, hatte er Angst, der grimmige Schmerz könne wieder durch seinen Oberbauch ziehen, wenn er Goethe nicht für sich behielt, sondern gemein machte.

Überhaupt gab sie zunächst den Nachwehen der Krankheit die Schuld an Wenzels Einkapselung und Liebesunlust. Aber als die Zeit verstrich und sich nichts änderte, sann sie auf Mittel, dem Übel abzuhelfen.

Sie erinnerte sich, dass ihrer ersten Eheschließung eine Hochzeitsreise gefolgt war, in der der Lokomotivführer Sterndobler eine ungeahnte Gefühlsintensität entwickelt hatte. Man war in Deutschland geblieben, der Freifahrt wegen, die die Bundesbahn bot, hatte sich aber soweit wie möglich vom gewohnten bayerischen Milieu entfernt und war schließlich auf der Insel Helgoland gelandet. Weit und breit kein Zuggeräusch, dafür das mächtige Rauschen des Meeres und der Anblick steil aufragender Felsen, das hatte Herrn Sterndobler aufgeschlossen, so dass Christa sich mit ihm austauschen konnte, wie es in gleicher Ergiebigkeit später nie mehr gelingen wollte.

Könnte eine Reise mit Wenzel nicht ähnliche Höhepunkte erschließen? Obgleich sie fühlte, dass Josef in Interessenkollisionen verstrickt war, wenn es um ihre Ehe ging, benützte sie ihn weiterhin als Ratgeber.

Sie offenbarte ihm auch ihre Pläne, mit Wenzel hochzeitlich zu verreisen, und gestand ihm ihre Ratlosigkeit, wie Wenzel für einen solchen Aufbruch zu gewinnen sei.

„Mei", sagte Josef, „du weißt doch, der Wenzel hat den Goethefimmel. Und wo ist der Goethe hingereist? Nach Italien, wenn i' mi' net täusch. Nicht an den Teutonengrill in Lignano oder so, sondern nach Rom. Wegen der vielen Altertümer, hat er g'sagt. Aber g'lernt hat er die Liebe in Rom. Nicht so platonisch-protestantisch, sondern handfest italienisch-katholisch. Vielleicht lernt's der Wenzl in Rom auch. Und wennsd' da Zweifel hast, dann kannsd' mi' ja mitnehmen, als Kammerdiener."

Den letzten Satz wollte Christa überhört haben. Die Sache mit Rom behielt sie im Gedächtnis.

Sie wählte das Frühstück am Samstag für ihre Offensive. Christa und Wenzel liebten diese Mahlzeit gleichermaßen. Das Wochenende war noch kaum angebrochen. Man konnte entspannt aus der Fülle der Freizeit schöpfen.

Dem entsprach die Fülle des kulinarischen Angebots. Beim benachbarten Bäcker holte Christa knusprig gebackene, noch ofenwarme Laugensemmeln und aufgebrochene Brezeln. Feine Kalbsleberwurst und sahnigen Quark besorgte sie schon am Freitag, auch gekochten Schinken und allerlei kräutergewürzten Ziegenkäse. Die Himbeermarmelade, die Wenzel über alles liebte, hatte sie selbst in üppigen Mengen eingekocht.

Geduldig wartete sie, bis Wenzel den krönenden Abschluss des Frühstücks vorbereitete, die obere Hälfte einer „Semmel", wie die Bayern sagen, mit Butter bestrich und mit dem Löffelchen Himbeermarmelade darauf schichtete. Dann, als er sich anschickte, mit dem Gesichtsausdruck höchsten Behagens in die sorgfältig präparierte Hälfte zu beißen, wagte sie das Thema Hochzeitsreise einzuleiten.

„Wenzelchen," sagte sie, „nun sind wir Mann und Frau und du hast deine Erkrankung hinter dir. Aber auch wieder nicht. In deinen Gedanken hängt sie noch. Du kannst sie nicht abschütteln. Sie steckt in deinem eisernen Bett, in deinen Schlafanzügen und in deinen Hausschuhen. Da kommt das Gefühl nicht auf dagegen, dass wir einen neuen Anfang machen wollten, zusammen als ein Paar. Vielleicht war es nicht glücklich, dass wir so gegensätzliches miteinander verbunden haben, die Operation, die die Krankheit besiegen sollte, und die Hochzeit. Wir müssen das endlich trennen. Und ich glaube, es gelingt uns am besten, wenn wir uns von dem Ort trennen, an dem alles geschehen ist. Ich meine nicht für immer. Ich denke an eine Reise, an unsere Hochzeitsreise, Wenzelchen. Pfingsten steht vor der Tür. Du hast Ferien, zwei Wochen Ferien. Da können wir aufbrechen, aufbrechen in ein neues Leben!"

Eigentlich hätte sie jetzt eine erste Reaktion erwartet. Aber Wenzel schwieg, er schwieg hartnäckig.

Da beschloss sie hastig, ihre Trumpfkarte auszuspielen. Rom, das musste stechen!

„Ich hab mir auch schon Gedanken gemacht, wo wir hinfahren," sagte sie.

„Wo fährt ein Lateinlehrer hin, der Goethe liebt, hab' ich mich gefragt. Nach Rom, nach Rom natürlich, Wenzelchen. Da war ich mir gleich ganz sicher. Und wenn wir genügend Geld haben, dann fliegen wir, schauen hinunter auf die hohen Berge, auf Schnee und Eis, auf weiße Wölkchen, die wie Schafe herumstehen, sehen Flüsse, Seen und Dörfer und plötzlich tauchen wir hinunter und vor uns ist die ewige Stadt und alles was schwer war, ist hinter uns, vergessen! Ist das nicht herrlich, Wenzelchen?"

Christa hatte sich warm geredet. Und wenn er jetzt nicht aufspringt und jubelt, dachte sie, dann ist er aus Stein.

Wenzel saß in der Tat wie ein Denkmal. Er aß nicht weiter, obwohl noch ein gutes Stück der Buttersemmel mit Himbeermarmelade auf seinem Teller lag. Auf Christas Lippen starrte er. Aber er sah sie nicht. Seine Gedanken versuchten Christa und Rom zusammenzubringen. Es war ihm nicht möglich. Christa war verbunden mit seiner Wohnung, mit Bratkartoffeln und Leberkäs, mit Mütterlichkeit und Krankenpflege, mit ein wenig Ungestüm auf dem Teppich und dem eingeschleppten Polsterbett. Aber Rom. Rom das war zu groß für Christa. Mit ihrem geblümten Morgenrock sah er sie auf der Piazza del Campidoglio stehen vor dem Reiterstandbild des Kaisers Marc Aurel, ein Foto fürs Familienalbum. Ihm graute. Goethe, als ob Goethe mit seiner Christiane nach Rom gereist wäre! Er ist überhaupt nicht mit ihr verreist. Sie passte ins Haus, genau, das eben war es.

Mit der Vulpius in Rom! Hätte Goethe da die Römischen Elegien geschrieben? Zum Lachen. Wenzel fiel ein, dass er die Römischen Elegien nicht auswendig konnte. Er hatte sie vor sich hergeschoben wie alles Leidenschaftliche. Vielleicht sollte er jetzt daran gehen. Es war wichtiger als nach Rom zu fahren.

Noch immer starrte Wenzel geradeaus und schwieg.

Christa war enttäuscht, auch ein wenig besorgt über dieses merkwürdige Verhalten. Stimmte etwas nicht mit ihrem Wenzel?

„Wenzelchen," rief sie, „du sagst gar nichts. Freust du dich nicht auf Rom?"

Wenzel löste sich aus der Erstarrung. Er griff nach dem Semmelstück mit der Himbeermarmelade und verschlang sie eilends.

Dann äußerte er sich ausweichend. „Das kommt alles so überraschend, Christa," sagte er. „Ich muss mir das durch den Kopf gehen lassen. Es gilt da vieles zu bedenken, auch die Kosten. Rom ist nicht billig. Aber es ist lieb von dir, an eine Hochzeitsreise gedacht zu haben," setzte er etwas zögernd hinzu.

Dann stand er auf, ging hinaus in sein Arbeitszimmer, holte den Band mit Goethes Gedichten aus dem Regal und blätterte in den Römischen Elegien.

XI

Später, als sie allein und in Not war, kam Christa manchmal der Gedanke, Josef Zborowski habe dies alles eingefädelt, weil er wusste, die Fahrt nach Rom müsse in einem Debakel enden und er werde den Nutzen davon haben.

Vielleicht hätte sie aufgegeben, aber Josef sagte, sie solle ständig bohren, Wenzel sei nicht der Mann, lange standzuhalten. So fing sie bei jedem Essen an, von Rom zu reden. Wenzel bekam dann Probleme mit dem Magen. In seiner Bedrängnis schnappte er nach Luft, und die verschluckte Luft drängte wieder nach oben, stieß auf, was ihm peinlich war, musste Christa doch an seinen Manieren zweifeln. Mehr und mehr fühlte er sich in Christas Schuld. Die aber zeigte freundlichen Eifer. Prospekte brachte sie ins Haus mit den schönsten Bildern von der Ewigen Stadt. Von nicht weniger als fünf Reisebüros ließ sie sich beraten und im fünften stieß sie auf einen älteren Angestellten, der sie mit seinen treuherzigen Augen und seinen ehrlichen, kräftigen Händen an ihren ersten Mann erinnerte. Er erfasste sofort, dass sie etwas Solides, Preiswertes suchte, und empfahl eine bescheidene, aber saubere, mit Geschmack eingerichtete Pension, von Südtirolern geführt, im vierten Stock eines Gebäudes an der Via Vittorio Veneto. Mehr als zehn Kunden habe er schon dorthin vermittelt und alle seien sie begeistert zurückgekehrt. Sie habe unwahrscheinliches Glück, sagte er, nachdem er seinen PC zu Rate gezogen hatte. Es sei gerade noch ein Doppelzimmer frei über die Pfingstferien. Aber sie müsse sich sofort entscheiden. Für morgen könne er nichts mehr garantieren.

Da unterschrieb sie in einem Anfall völliger Unbekümmertheit die Buchung und gab als Anzahlung den Rest ihres Haushaltsgelds, den sie für alle Fälle eingesteckt hatte.

Sie war auf das Schlimmste gefasst, als sie Wenzel beim Abendessen beichtete. Die Röstkartoffeln hatte sie besonders sorgfältig bereitet, auch bot sie an, die Kosten des Flugs von ihrem Sparbuch zu bezahlen und, wenn er denn gar nicht wolle, ebenso die Kosten einer sofortigen Stornierung. Aber Wenzel sagte nur: „Dann fliegen wir halt", völlig emotionslos und den Rest des Abends schwieg er.

Dass das Wetter während des ganzen Flugs schlecht war und eine dichte Wolkendecke schneebedeckte Gipfel, Flüsse, Seen und Städte ihrem Blick entzog, nahm Christa noch als gerechte Strafe für ihre Eigenmächtigkeit, zumal auch das ruhige Wolkenmeer, von mächtigen Türmen und ziehenden Schwaden unterbrochen, ein wenig Unterhaltung bot. Den dissonanten Ausklang des ersten Abends war sie nicht mehr bereit auf ihr Schuldkonto zu buchen.

Die beiden Betten in der Pension an der Via Vittorio Veneto sahen hübsch aus. Gedrechseltes an den Beinen, an Kopf- und Fußteil des Gestells verlieh ihnen Leichtigkeit, obwohl das Holz dunkel gehalten war. Christa beanstandete jedoch sofort, dass die Betten getrennt standen. Zwischen ihnen klaffte eine Lücke von fast einem Meter. Sie forderte Wenzel auf, mit ihr die Lücke zu schließen, die Betten kurzerhand zusammenzuschieben. Er aber weigerte sich hartnäckig. Die Symmetrie des Raumes werde durch eine solche Aktion völlig zerstört, sagte er. Den Anblick gestörter Proportionen aber könne er nicht ertragen. Er bereite ihm geradezu physisches Unbehagen.

Christa vermochte diese ästhetischen Bedenken nicht ernst zu nehmen. Sie meinte, Wenzel mache sich über sie lustig, halte sie zum Narren. Als er auf seiner Ansicht beharrte, nannte sie ihn einen Sturkopf und warf ihm vor, sie nicht zu lieben, sonst hätte er das Bedürfnis, ihr nahe zu sein, und wie die Betten aussähen, wäre ihm gleichgültig. Der Streit endete damit, dass jeder in seinem Bett lag, den Rücken dem andern zugekehrt, in einem Abstand von einem Meter.

Genau dies habe Wenzel mit seinem Streit erreichen wollen, dachte Christa, bevor sie verbittert einschlief.

Wenn sie sich später an den nächsten Tag erinnerte, vermischte sich in ihrem Kopf ein Gewirr von Ruinen, abgebrochenen Säulen, Steinen, auf die die Sonne brannte mit der ewig dozierenden Stimme Wenzels, die sie mit Namen und Daten fütterte. Trajan, Caesar, Septimus Severus, Castor und Pollux, Antonius und Faustina, Titus, Augustus: es war einerlei und machte keinen Sinn in ihrem Kopf. Vormittags das Forum Romanum und der Palatin, nachmittags die Kaiserforen. Dass dieselbe Eintrittskarte für beides galt, tröstete sie wenig, zumal ihr Wenzel als mittägliche Stärkung nur ein Sandwich und eine Tasse Kaffee in einer kleinen Bar gönnte.

Nachmittags begannen die höllischen Schmerzen an ihrem rechten Fuß. Sie hatte die Schuhe erst vor einer Woche gekauft, sportliche Collegeschuhe, und im Schuhgeschäft keinen Druckschmerz empfunden. Aber jetzt, von der Hitze aufgequollen, fanden ihre Zehen keinen Platz mehr zwischen dem harten Leder. Sie humpelte mehr und mehr und weigerte sich gegen Abend, noch das Colosseum zu betreten, zumal ihr Wenzel den Schauer nahm, der sich für sie seit dem schulischen Religionsunterricht mit diesem Gebäude verbunden hatte. Er behauptete hartnäckig, in dieser Arena sei nie ein früher Christ von Löwen gefressen worden.

Endlich in die Pension zurückgekehrt, lag sie barfüßig auf dem Bett und wollte lieber auf jegliches Abendessen verzichten als ihre Zehen nochmals mit den Schuhen zu martern. Wenzel holte um die Ecke wiederum Sandwiches und Mineralwasser.

Als er zurückkam, war Christa eingeschlafen. Er wagte nicht mehr, sie zu wecken.

Am zweiten Tag, einem Sonntag, verweigerte Christa den Gehorsam. Beim Frühstück kündigte Wenzel an, er wolle heute auf den kapitolinischen Hügel, um das Museo Capitolino zu besuchen, einer prachtvollen Sammlung antiker Bildhauerkunst, wie er betonte. Da brach es aus Christa heraus wie aus einem Vulkan. Nicht die geringste Lust habe sie, durch diese steinernen Figuren zu latschen. Womöglich seien die meisten Krüppel, denen man Arme, Beine, die Nase oder gar den ganzen Kopf abgeschlagen habe. Schon immer habe es ihr vor Krüppeln gegraut. Und selbst wenn so ein Körper perfekt sei, alles dran, vorne und hinten, was soll sie mit einem Mann aus Stein. Das sei doch pervers.

Wonach sie sich sehne, sei irgendwo mit ihm allein zu sein, in einem Park, unter Bäumen, im Schatten, ihre müden Füße auszuruhen und zu träumen. Das alles kam sehr laut und deutlich, so dass die Paare an den Nachbartischen aufhorchten und zu kichern begannen.

Wenzel war dies überaus peinlich. Er verlor seine stolze Haltung, die an den Dichterfürsten erinnerte. Bis an den Rand des Stuhles rutschte er nach vorne, um sich klein zu machen. „Ist schon gut, ist schon gut, Christa," beschwichtigte er. „Du brauchst dich nicht aufzuregen. Dann machen wir einen Ruhetag heute. Ich würde sagen, wir gehen zur Spanischen Treppe, die wir noch nicht gesehen haben, steigen hinauf zur Kirche Trinita dei Monti und spazieren dann durch die Villa Medici zum Monte Pincio, einer einzigen Parklandschaft mit herrlichen Bäumen. Wir werden ein schattiges Plätzchen dort finden, von dem du träumst."

Das mit der Treppe, die Christa sich heiß und steil vorstellte, erfüllte sie noch mit Misstrauen. Ob es nicht einen näheren Park ohne Treppe gebe, fragte sie.

Aber als sie sah, dass die junge Frau am Nachbartisch mit der goldumrandeten Brille wieder kicherte, und Wenzel weiter unter den Tisch rutschte, ließ sie es gut sein.

Der Tag verlief dann auch fast nach ihren Träumen. Die Spanische Treppe war bevölkert mit lustigen jungen Leuten, manche sangen, schlugen und zupften ihre Gitarren. So vergaß sie die Mühen des Anstiegs.

Im Park des Monte Pincio fanden sie eine hübsche Bank im Schatten und beobachteten römische Familien, die ihren Sonntagsspaziergang machten.

Christa bewunderte die vielen hübschen Kinder, die so adrett gekleidet waren, wie sie es aus ihrer Heimat nur von alten Fotos vor dem ersten Weltkrieg kannte. Knaben mit dunkelblauen kurzen Hosen, weißen Hemden, weißen Kniestrümpfen und schwarzen Halbschuhen liefen da artig vor ihren Eltern auf den weichen, schattigen Wegen. Die Mädchen trugen weiße Kleidchen, mit vielen Spitzen besetzt, oder dunkelblaue Röcke mit weißen Blusen. Dunkelblau waren auch die hochradigen Kinderwagen, die die Mütter im hellen Sommerkostüm gravitätisch vor sich herschoben, während die Väter in würdigem Abstand daneben schritten, nicht ohne hin und wieder einen stolzen Blick auf ihren Prinzen in der Kutsche zu werfen. So hatte sich Christa immer Familie erträumt. Sie suchte Wenzels Hand neben sich, drückte sie ausgiebig und seufzte: „Die Kinder, Wenzel, die Kinder, sind sie nicht ein Glück?"

Wenzel zögerte ein wenig. Dann sagte er: „Hübsch sind sie, die Kinder, sehr hübsch, Christa."

Auch der Abend versprach ein voller Erfolg zu werden. Wenzel hatte zum Abendessen eines der Restaurants an der Piazza Navona ausersehen. Christa, noch gut zu Fuß, ließ sich herbei, die beiden Brunnen Berninis gemächlich zu umrunden. Kraft und Bewegung der Körper besiegten rasch ihre Abneigung gegen den Stein, ja sie betrachtete das Spiel der Körper mit sinnlichem Behagen, während Wenzel sich in Worten der Bewunderung eher zurückhielt. Goethe, so sagte er, hat sich auf die Antike konzentriert und Bernini nie der Erwähnung wert befunden.

Christa aber fühlte sich, umgeben von barocken Fassaden, in einer vertrauten, hochgestimmten

Welt. Noch mehr ergriff sie der Zauber des Theatralischen, als die Nacht hereindämmerte und die Laternen und der Mond die Steine weich zeichneten. Heute genoss sie das Essen, den Wein und die Aufmerksamkeiten der Kellner in ihren weißen Jacketts. Besonders ein junger mit dunkel gebräunter Haut, schwarzen Locken bis zu den Schultern und schwarz-braunen Augen, der sich mit seinem großen Tablett geschmeidig wie ein Tänzer zwischen den Tischen bewegte, hatte es ihr angetan. Sie fand es beglückend, dass er ihre verfolgenden Blicke bemerkte und sie mit einem amüsierten Lächeln erwiderte.

Vielleicht hatte Wenzel etwas davon beobachtet, vielleicht beunruhigte ihn auch die Goethe-ferne Hingabe an das Barocke, jedenfalls fiel Christa auf, dass er nach Einbruch der Dunkelheit wortkarger wurde, dafür aber hastig dem Rotwein zusprach. Eben hatte er sich eine zweite Karaffe bringen lassen. Sein Blick wurde unscharf, wenn er ihr in die Augen sah. Christa fürchtete, der krönende Abschluss dessen, was sie den ganzen Tag in ruhiger Zweisamkeit auf der Parkbank und in der Sinnlichkeit des Mondlicht-umspielten Barocktheaters vorbereitet hatte, könnte in letzter Minute gefährdet werden. Sie drängte zum Aufbruch. Aber Wenzel bestand schon aus Sparsamkeit darauf, dass er die Karaffe bis zum letzten Tropfen leerte.

Christas Ängste, Wenzel hätte, voll des Weines,

nichts mehr mit ihr im Sinn, erwiesen sich als unbegründet. Erstmals auf römischem Boden drängte er in ihr Bett. Aber das Feine, vornehm Zögernde, Gebrochen-Zarte, zuweilen auch rührend Unbeholfene, kurz das, was Christa als die Lebensart höherer, gebildeter Stände ansah, hatte der Alkohol gelöscht. Was blieb, war gewöhnlich, direkt, grobhändig, gab nirgends eine Antwort auf ihre Sehnsüchte, ja bemerkte sie gar nicht.

So blieb sie verschlossen, lag noch lange wach, nachdem Wenzel sich zurückgezogen hatte, hörte sein stumpfsinniges Schnarchen und bereute erstmals, auf dieser Hochzeitsreise bestanden zu haben.

Am nächsten Morgen kam Wenzel wieder auf das Museo Capitolino zurück. Nun habe sie ihren Ruhetag gehabt, sagte er zu Christa, und sie könnten mit frischem Sinn der Antike gegenübertreten.

Das war, als ob er mit einer Nadel in Christas Nervenenden gepickt hätte. „Du kannst mir gestohlen bleiben mit deiner Antike," fauchte sie. Das kam trotzig und verdutzte Wenzel über alle Maßen.

„Was willst du damit sagen?" fragte er, nachdem dem Bekenntnis keine Erläuterung gefolgt war.

„Für den Katholiken ist Rom die Stadt des Papstes und nicht die des Caesars, des Augustus oder des Hadrians oder wie diese heidnischen Römer alle hießen. Und wenn ich schon in Rom bin, dann will ich in den Petersdom und in diese Kapelle, in der die Päpste gewählt werden, die Sixtinische oder wie sie heißt.

Wenzel war angenehm davon berührt, dass Christa die Sixtinische Kapelle richtig gespeichert hatte. Seine Hintergedanken aber beschäftigten sich mit der riesigen Antikensammlung der Vatikanischen Museen.

„Natürlich, Christa," sagte er, „respektiere ich deine religiösen Gefühle. Dann fahren wir eben heute zum Vatikan. Und ich denke, wir nehmen ein Taxi, damit du dich nicht wieder quälen musst mit deinen Füßen."

Christa hatte die schlimme Nacht fast vergessen, als sie am Petersplatz ausstieg und ihr Wenzel auch noch freundlich aus dem Taxi half.

„Gewaltig, riesig, phantastisch," rief sie im Anblick der Kirche, von der sie gehört hatte, dass der Kölner Dom zweimal hineinpasse.

Aber als sie das Innere betreten hatte, gestand sie sich ein, dass sie enttäuscht war. Die riesige Halle lud sie nicht zur Einkehr wie ihre heimatliche Dorfkirche. Das Stimmengewirr und die vielen Menschen, die den Raum in alle Richtungen durchwanderten, erinnerte sie an die Abflughalle des Münchner Flughafens, in der sie nach dem rechten Flugsteig für den Abflug nach Rom gesucht hatte. Hier wohnt man nicht, dachte sie, hier zieht man durch, hier bricht man auf.

Sie stellte sich unter die Kuppel, starrte die fast zweihundert Meter hinauf zu deren Scheitelpunkt.

Es wurde ihr schwindlig. Dennoch blieb sie stehen und ergab sich in das Gefühl grenzenloser Ohnmacht. Wenzel wollte sie wegziehen. „Es gibt hier viel, was du gesehen haben solltest," sagte er. „Die Bronzestatue des Heiligen Petrus auf dem Marmorthron zum Beispiel oder die Pietá von Michelangelo."

„Ich will nichts sehen," sagte sie trutzig. Sie stand, schloss die Augen und hatte das Gefühl, sich aufzulösen. Wenzel brachte sie nach einiger Zeit mühsam dazu, mit ihm aus der Kirche zu gehen und in einen kleinen Bus zu steigen, der sie zum Hauptkassenraum der Vatikanischen Museen brachte. Dort bestand Christa darauf, sofort die Sixtinische Kapelle aufzusuchen. Unter Kapelle stellte sie sich etwas Kleines, Intimes vor, einen Ort stiller Andacht. Vielleicht, dachte sie, kann ich mich dort in eine Bank knien und um etwas bitten, wie ich es als Kind immer getan habe.

Auf der Treppe, die hinabführt zur Kapelle, geriet sie in einen reißenden Strom. Sie kam sich verloren vor, weil sie keiner Gruppe angehörte. Niemand hob für sie ein Fähnchen, dem sie folgen konnte. Also klammerte sie sich an Wenzel und der Strom schwemmte sie in das Halbdunkel eines Saals, der nur aus seiner Decke zu bestehen schien. Alles starrte nach oben. Sie sah die vielen Bilder und versuchte, etwas zu erkennen. Adam und Eva hatte sie schließlich identifiziert, ihre Erschaffung, ihren Sündenfall, ihre Vertreibung aus dem Paradies. Weiter kam sie nicht.

Ein japanischer Tourist, klein, aber mit kräftiger Beinmuskulatur, dessen Aufmerksamkeit ausschließlich Michelangelo galt, war ihr auf die Zehen getreten. Ausgerechnet ihren rechten Fuß hatte er erwischt, der schon auf dem Forum Romanum so gelitten und mittlerweile zwischen der zweiten und der dritten Zehe ein Hühnerauge ausgebildet hatte. Dieser Stachel, von oben gequetscht und auf die nervenreiche Knochenhaut gestoßen, erzeugte nun einen so infernalischen Schmerz, dass es ihr schwarz wurde vor den Augen. Wenzel fing sie auf und hielt sie so lange in seinen Armen, bis das Licht sie wieder erreichte.

„Wenzel," hauchte sie, „bring mich aus diesem Keller. Sie trampeln mich noch zu Tode!"

Wenzel verwies auf das Jüngste Gericht, das sie ja noch gar nicht betrachtet hätte. Aber Christa meinte, sie habe schon genug Hölle erlebt.

Sie ließ sich von einer der Gruppen nach oben schwemmen, und Wenzel folgte ihr an der Hand. So gelangten sie schließlich in die Galerie, in der die Geschenke für die Päpste gezeigt werden, eine Mischung aus Geschmackvollem und Geschmacklosem, aus Kitsch und Kunst. Christa war fasziniert von dem kunterbunten Vielerlei. Sie lauschte den Ausführungen einer deutschsprechenden Führerin, die eben die kleinen schwarzen Steine vom Mond erklärte, die Präsident Nixon geschenkt hatte samt Stars and Stripes und einer

Medaille mit dem Konterfei des Astronauten Frank Borman und der Inschrift „First on the Moon".

Da kam Wenzel eine Idee, wie er doch noch einen Teil der Antikensammlung sehen könnte.

„Christa," sagte er, „du fühlst dich hier wohl in der Geschenkgalerie. Bleibe doch bei der deutschen Reisegruppe. Ich schaue mich inzwischen in anderen Abteilungen um und wir treffen uns um 12 Uhr 30 am Ausgang."

Mit dem 12 Uhr 30 hatte Wenzel süddeutschen Sprachgebrauch verlassen und Christa in Verwirrung gestürzt. „Hättest du normal geredet, wäre alles Unglück nicht entstanden," sagte Christa später immer wieder.

„Halb eins, das hätte ich verstanden. Aber wer sagt schon 12 Uhr 30. Da blieb mir nur zwölf Uhr im Gedächtnis."

Um zwölf Uhr also stand Christa am Ausgang und es war kein Wenzel zu sehen. Zwanzig Minuten ging sie auf und ab und fingerte immer nervöser am Riemen ihrer Umhängetasche. Ihre Fantasie bewegte sich ins Düstere.

Vielleicht ist es ihm schlecht geworden, eine Herzattacke, und was tu' ich dann allein in Rom, ohne ein Wort italienisch zu sprechen? Vielleicht, dieser Gedanke kam nach einer viertel Stunde, hat er mich einfach stehen lassen, ist auf und davon, weil er mich nicht mehr ausstehen kann, weil ich ihm lästig bin.

Nach zwanzig Minuten kam ein Herr auf sie zu und sprach sie an. Ich sage ein Herr, weil Christa ihn in all ihren späteren Schilderungen so bezeichnete. Eine gewisse Eleganz war ihm nicht abzusprechen. Sein heller, sandfarbener Anzug saß gut und locker. Aber bei näherem Hinsehen entdeckte man Spuren langen Gebrauchs. Die aufgesetzten Taschen des Jaketts wirkten ausgebeult. Die Kanten des rechten Ärmels waren ebenso abgestoßen wie die Aufschläge der Hosenbeine. Auch ein blauweiß gestreiftes Hemd sah nicht frisch aus, sondern knittrig und leicht angeschmutzt. Christa jedoch achtete mehr auf den Kopf, auf die dunkelgewellten, von Silberfäden durchzogenen Haare, auf die schmale, scharf geschnittene Nase und die großen dunkelbraunen Augen. Ein Herr, dachte sie, ein richtiger Herr. Er sprach sie in gebrochenem Deutsch an mit artiger Verbeugung, nannte sie gnädige Frau und wollte wissen, ob er ihr behilflich sein könne. Dabei hätte Christa das theatralisch-gekünstelte seines Tonfalls auffallen müssen. Aber Christa empfand nur dankbar, dass ihr geholfen werden sollte.

Sie schilderte ihre Situation und der „Herr" wusste Rat.

Zunächst, meinte er, müsse man den Herrn Gemahl über die zentrale Lautsprecheranlage suchen lassen. Ein solcher Ausruf könne nur von der Verwaltung angeordnet werden. Er wisse, wo die zu finden sei und werde sie gerne dorthin geleiten. Als sie nicht widersprach, führte er sie in einen Seitengang, vor dem ein quergestelltes Schild den Zutritt verbat. Jedenfalls konnte Christa das Wort „Prohibito" entziffern. Der Gang war menschenleer. Während Christas Lederabsätze auf den Steinfließen klapperten, ging ihr Begleiter auf dickem Gummi fast lautlos. Ununterbrochen sprach er mit leiser, monotoner Stimme auf sie ein. Sie verstand nur den geringsten Teil, denn er mischte italienische Wörter und Redewendungen unter sein fehlerhaftes Deutsch. Offenbar pries er die Schönheiten Roms. Wenige Meter bevor der Gang nach rechts abbog, streckte der „Herr" plötzlich seinen rechten Fuß vor Christas linken, so dass sie darüber stolperte und zu stürzen drohte. Er fing sie auf und streifte dabei mit sicherem Griff ihre Umhängetasche von ihrer rechten Schulter. Dann gab er ihr einen Stoß, so dass sie zu Boden stürzte, rannte mit der Tasche den Gang entlang und verschwand in der Biegung nach rechts.

Christa hatte einen kräftigen Schrei ausgestoßen, als sie zu Boden ging. Aber der Gang blieb menschenleer. Mühsam erhob sie sich, nachdem der Schock sie mehrere Minuten wie gelähmt am Boden festgehalten hatte. Sie humpelte bis zur Rechtsbiegung des Ganges, aber dahinter war niemand mehr zu sehen.

Als sie zum Verbotsschild zurückgefunden hatte, empfing sie dort ein schimpfender Wärter, der nichts von ihren deutschen Anklagen verstand. Dann aber schlug die Uhr halb ein Uhr und Wenzel kam in der ihm eigenen Pünktlichkeit die Treppe heruntergeschritten.

Christa stürzte ihm schluchzend entgegen, klammerte sich an ihn und rief ein- ums andere mal: „Ich will heim. Wenzel bring mich heim, schnell bring mich heim!"

Dass dies die unabdingbare Forderung war, Rom so rasch wie möglich zu verlassen, begriff Wenzel erst am Abend.

Sie saßen in ihrem Pensionszimmer, jeder auf seinem Bett und Christa klagte an, hemmungslos, von Weinkrämpfen mehrmals nachhaltig unterbrochen. Er denke nur an sich, an die krüppelhaften römischen Statuen, an die langweiligen Kirchen und Museen, an den uralten Goethe, an seine Bratkartoffeln und Kartoffelknödel! Nicht einmal auf ihrer Hochzeitsreise denke er an sie und was sie glücklich machen könne.

Diese Römischen Elegien von Goethe, die er immer mit sich herumschleppe, sie habe einmal darin gelesen und kaum etwas verstanden. Aber der eine Satz sei ihr eingegangen: „doch ohne die Liebe wäre die Welt nicht die Welt, wäre denn Rom auch nicht Rom." Was also soll sie hier ohne die Liebe? Da sei Rom nichts mit all seiner Pracht und sie müsse weg von hier, so schnell wie möglich.

Wenzel versuchte zu beruhigen, meinte auch, sie habe ihn doch gekannt und trotzdem heiraten wollen, unbedingt habe er aufs Standesamt gehen und jetzt nach Rom fliegen müssen. Was sollten da die Vorwürfe?

Tröstend war dies nicht für Christa, und so beharrte sie auf ihrem Fluchtgedanken.

Mit einem Ersatzausweis der Deutschen Botschaft versehen - das Original blieb zusammen mit 100 000 Lire in der gestohlenen Tasche zurück - saßen sie anderntags in einer Linienmaschine der Alitalia nach München. Über den Alpen brach die Sonne durch. Wenzel wies sie auf das prächtige Panorama hin. Aber Christa weigerte sich hinauszuschauen. Sie wollte keine Schönheit, die sich mit Rom verband.

XII

Seit Rom ermüdete Wenzel leicht. Er musste Pausen einlegen auf seinen Wanderungen am Nachmittag. So merkte er sich Lage und Beschaffenheit von Ruhebänken in der Umgebung der Stadt und richtete seinen Weg danach. Jetzt im Sommer bevorzugte er schattige Bänke. Doch sollte der Ausblick ins Lichte, Weite führen. Während er im Gehen noch immer Gedichte von Goethe memorierte, wollten ihm im Sitzen Verse nicht in den Kopf. Es fehlte der Rhythmus der

Bewegung. So geriet er in Tagträume oder ins Nachdenken über sich selbst. Christa und seine Beziehungen zu ihr bezog er nur ungern in seine Gedanken ein, denn sobald er dieses Thema berührte, erfasste ihn Unbehagen, ja ein regelrechtes Unwohlsein. An Tagen, an denen er sich stark fühlte, ließ er das Unbehagen an sich heran. Dann grübelte er über die Frage nach, warum der Umgang mit seiner Haushälterin so kompliziert und störanfällig geworden war, seitdem er mit ihr auf dem Standesamt die Ringe getauscht hatte. Er vermochte die Ursachen nicht aufzuklären. Bei Goethe und Christiane, dachte er, scheint dieses Phänomen nicht aufgetreten zu sein.

Er war gerade wieder bei Ehefragen, hatte also seinen starken Tag, als er Schritte den Hügel heraufkommen hörte, auf dessen Kuppe seine Bank stand, von einer mächtigen Eiche beschattet. Solche Störungen waren selten, denn an Werktagen gingen die meisten Bürger der Stadt der Arbeit nach und suchten nicht nach Ruhebänken in der Natur.

Er beschloss die Störung zu ignorieren und blickte angestrengt nach links, hinüber zu einem Heuschober, vor dem ein Heuwender geparkt war. Die Schritte verstummten plötzlich, als sie schon sehr nahe gekommen waren. Der Störer musste stehen geblieben sein. Von plötzlicher Neugier ergriffen, wendete sich Wenzel nach vorne und sah in ein ihm bekanntes weibliches Gesicht. Fächerverbindung Biologie/Chemie, fiel ihm ein und dann auch der Name: Margot Knöterich.

„Grüß Gott, Herr Kollege," sagte Frau Knöterich. Wenzel mochte diesen Gruß nicht. Die Sache mit Gott war ihm zu heikel, um sie ständig im Munde zu führen.

„Guten Tag," gab er hart und unpersönlich zurück.

Frau Knöterich ließ sich nicht beirren. „Nützen Sie auch den schönen Tag zu einem Spaziergang, Herr Tischbein?" fragte sie.

„Wie Sie sehen, Frau Knöterich". Wenzel blieb einsilbig.

„Darf ich mich einen Moment zu Ihnen setzen, Herr Tischbein? Ich will nicht aufdringlich sein. Aber die Sonne setzt mir zu. Und etwas Ruhe im Schatten würde mir gut tun."

Wenzel hätte die Frage gerne verneint. Den Zwängen der Höflichkeit folgend sagte er: „Bitte sehr, Frau Kollegin" und deutete rechts neben sich. Er betrachtete Frau Knöterich verstohlen von der Seite. Sie war klein und mädchenhaft zierlich. Ihre dunkelblonden Haare trug sie rundum pagenhaft kurz geschnitten. Die gerade, schmale Nase gab ihr ein klares Profil, ohne die Fröhlichkeit ihrer blauen Augen zu unterdrücken, die eine randlose Brille kaum entstellte.

Wenzel rechnete nach, wie lange die Kollegin schon an der Schule war. Er kam auf rund acht

Jahre und schloss daraus, sie müsse ungefähr Mitte Dreißig sein.

Frau Knöterich war beherzt genug, gegen das Schweigen Wenzels anzureden.

„Sie gehen häufig spazieren, Herr Tischbein. Man sagt sogar, jeden Tag und bei jedem Wetter. Was, so frage ich mich, treibt sie so sehr in die Natur?"

Sie schwätzen also über mich im Lehrerkollegium, dachte Wenzel. Wahrscheinlich machen sie sich über mich lustig. Aber er wagte nicht, die Antwort schuldig zu bleiben.

„Ich brauche frische Luft nach den vielen Stunden in der staubigen, muffigen Schulstube und ich brauche Bewegung. Und dann, um Ihnen noch etwas zu verraten, ich lerne Gedichte beim Wandern. Im Gehen prägen sie sich mir leichter ein als im Stehen oder Sitzen."

„Interessant," bemerkte Frau Knöterich. „Dann ist die Natur für Sie erstens ein Lieferant frischer Luft und zweitens ein Raum, in dem man sich bewegen kann, mehr nicht." Das klang provokatorisch und Wenzel ärgerte sich darüber.

„Meine Aufzählung war nicht erschöpfend, Frau Knöterich", sagte er. „Da machen Sie es sich zu leicht, um mir ein Bein zu stellen. Natürlich sehe ich auch die Schönheiten der Natur, die Blütenpracht im Frühjahr, das Spiel von Schatten und Licht in den Bäumen, das Glitzern des Schnees im Winter, die Konturen der Berge am Horizont. Das alles bewegt mich wie die Poesie, wenn auch, ich gebe es zu, nicht im gleichen Maße, denn die Kunst, das von Menschen Gestaltete, hat für mich den höheren Rang."

„Nun," setzte Frau Knöterich erneut an, „die Natur ist für Sie also auch etwas Ästhetisches. Sie suchen Schönheit in ihr. Der glitzernde Schnee und die bunten Blumen, wie romantisch! Ob sich die Natur selbst schön findet, weiß ich nicht. Nur der Mensch benützt Spiegel. Ich denke, das Ästhetische ist eine menschliche Erfindung. Das Leben ist weder schön noch hässlich, es ist lebendig. Sie können die Natur nicht ergründen, wenn sie nur die Oberfläche, das ästhetische Erscheinungsbild betrachten. Das ist, wie wenn sie einen Menschen nach seinem vorhandenen oder fehlenden Ebenmaß beurteilen. Die Reduktion des Menschen auf das Modell. Armselig, oder nicht? Sehen sie dieses Blatt!" Frau Knöterich riss ein Eichenblatt von dem Zweig, der tief über der Bank hing. Ästhetisch betrachtet ist es grün und hat eine gebuchtete Form, mehr nicht! Interessant wird es erst, wenn man hinter das äußere Erscheinungsbild sieht." Sie riss das Blatt auseinander.

„Da drinnen", sagte sie und deutete auf die Bruchstelle, „da drinnen arbeitet eine ganze chemische Fabrik. Sicher haben Sie schon von der Photosynthese gehört, bei der in den Blättern aus Kohlendioxyd und Wasser unter Umwandlung von Sonnenlicht in chemische Energie molekularer Sauerstoff und Glucose gebildet werden. So erhält die Pflanze ihre Nahrung und wir unseren Sauerstoff. Pro Jahr werden auf der Erde durch die Photosynthese 500 Billionen Tonnen Kohlenstoff gebunden und umgewandelt. Ein gigantischer Prozess. Was bedeutet demgegenüber die Gefälligkeit des Blattgrüns oder der gebuchteten Form für unser Auge. Eine Petitesse!"

Sind wir Lehrer nicht schreckliche Leute, dachte Wenzel. Da schüttet diese Kollegin ihre ganze Weisheit über mich aus, kaum dass wir zum ersten mal auf ein und derselben Bank Platz genommen haben. Ich muss sie ein wenig zurückstutzen.

„Liebe Frau Knöterich", sagte er, „sie vertreten die Fächer Biologie und Chemie und so ist es ihr gutes Recht, chemische Fabriken in der Natur gigantisch zu finden. Meine Fächer sind Latein und Deutsch. Da habe ich es mehr mit der Sprache, der antiken Geschichte und der Poesie. In der Sprache und in der Poesie spielt die Form eine große Rolle. Auch haben die Poeten zu allen Zeiten gerne die Schönheiten der Natur, ihr Erscheinungsbild als Spiegel eigenen Empfindens besungen, chemische Fabriken lagen ihnen weniger am Herzen.

So sieht jeder die Welt mit seiner Brille und dabei sollten wir es belassen, Frau Kollegin."

Frau Knöterich wollte Wenzel keineswegs das letzte Wort zugestehen.

„Das ist ja gerade das Übel, Herr Tischbein,"

sagte sie. „Jeder schottet sich ab und hält seine Zelle für die Welt. Und bei Ihnen, bei den Geisteswissenschaftlern, ist das besonders schlimm. Ich kenne genug Chemiker, die Goethe oder Thomas Mann lesen. Aber bringen sie mir einen Germanisten, der sich in seiner Freizeit mit Chemie oder Physik befasst. Sie werden weit und breit keinen finden. Dabei würde ihnen dieser Ausbruch aus der eigenen Befindlichkeit verdammt gut tun. Ständig blasen sie sich selbst auf, bis die Welt mit ihnen identisch ist.

Wir Naturwissenschaftler gehen genau den umgekehrten Weg. Wir machen uns klein, ganz klein. Das Subjekt muss verschwinden, damit wir die Gesetzlichkeiten des Objekts erkennen können. Keine schlechte Vorbereitung für zwischenmenschliche Beziehungen, meine ich übrigens.

Sich selbst vergessen, damit man den anderen besser erkennt. Das täte uns allen gut."

Frau Knöterich bestrahlte Wenzel mit ihren glänzenden blauen Augen, als wollte sie den alten Adam in ihm verbrennen.

Wenzel war nicht wohl dabei. Immer trachten die Frauen danach, uns zu verändern, dachte er. Ich muss sie zur Ruhe bringen.

„Das ist ein weites Feld," sagte er schließlich, „wenn ich den weisen Fontane zitieren darf. Wir können nicht die ganze Philosophie des Abendlandes durchdiskutieren in einer Schnaufpause auf dem Ruhebänkchen. Es war mir ein Vergnü-

104

gen, Sie näher kennenzulernen, Frau Knöterich. Bisher habe ich Sie eigentlich nur vom Sehen gekannt. Ich denke, es gibt sich sicher wieder eine Gelegenheit, den Disput fortzusetzen. Jetzt aber muss ich nach Hause eilen. Ich habe noch eine ganze Lateinschulaufgabe zu korrigieren." Frau Knöterich überließ nichts dem Zufall, jedenfalls nichts, was man regeln konnte.

„Das Vergnügen war ganz bei mir," sagte sie. „Ich würde mich freuen, den Gedankenaustausch mit Ihnen fortsetzen zu können. Die Gelegenheit, denke ich, wäre zu regeln. Zwar wandre ich nicht so oft wie sie. Aber einmal in der Woche mache ich es mir zur Pflicht. Und warum sollten wir uns da nicht hin und wieder zusammentun? Sechs mal pro Woche Goethegedichte und einmal Diskurs mit Biologie/Chemie. Wäre das nicht akzeptabel?" Sie lachte. „Natürlich nur auf Probe und jederzeit widerrufbar!"

Wenzel fiel nichts ein, was er diesem Ansinnen hätte entgegensetzen können. „Oh ja," sagte er schließlich. „Wir könnten das ja mal versuchen."

Wieder packte Frau Knöterich zu. „Am nächsten Mittwoch ginge es bei mir, um 15 Uhr am Westertor", sagte sie. Und Wenzel antwortete: „Warum nicht. Am Mittwoch dann, Frau Knöterich."

Er ging rascher heimwärts als sonst, fast beschwingt, als hätte er die Müdigkeit der letzten Wochen auf der Ruhebank gelassen.

XIII

Der Mittwoch nachmittag mit Frau Knöterich wurde zur Gewohnheit. Immer hatte sie ein Thema, über das sie dozierte. Der Käfer, zum Beispiel. Ihn liebte sie besonders. Das Wort leite sich vom Althochdeutschen „chevar" her, was eigentlich „der Nager" bedeute, erklärte sie Wenzel, um sich zunächst philologisch einzuschleichen. Ob er denn wisse, dass es sich bei den Käfern mit 350 000 Arten um die artenreichste Tierordnung handle. Natürlich wusste er das nicht, war er doch dem Käfer bei Goethe nie begegnet. Die Vielfalt der Wirbeltiere sei demgegenüber kläglich, dozierte Frau Knöterich, ganze 8000 Arten. Ja, in der Welt schwirre und krabble es eben allenthalben. Die Insekten, unter denen die Käfer etwa ein Viertel ausmachten, stellten gar achtzig Prozent aller Tierarten. Grund genug, sich mit ihnen gründlich auseinanderzusetzen. Ihn als poetischen Menschen müsse die Metamorphose besonders interessieren, die der Käfer wie der Schmetterling vom Ei über verschiedene Raupenstadien und einer Ruhezeit in der Verpuppung bis zum geschlechtsreifen Tier durchlaufe. Die Entwicklung vom Einfachen zum Höheren, Differenzierten, die in der Natur stecke, werde hier gleichsam im Zeitraffer anschaulich gemacht. Auch scheine da etwas auf von der Wandlungsfähigkeit des Lebens, das sich in immer neuen Variationen ausforme.

Wenzel, der sich aus seiner Jugend nur an Maikäfer erinnerte, die sie in Zigarrenkisten oder Schuhschachteln gefangen hielten, war sichtlich beeindruckt von der Vielfalt und mythologischen Ausdruckskraft der Schwirrer und Krabbler. Dies um so mehr, als sich Frau Knöterich nicht auf abstrakte Systematik beschränkte, sondern immer neue Exemplare auf Gräsern, Blättern, Blüten, im Moos oder unter Steinen aufstöberte und Wenzels Blick darauf lenkte. Hatte er sein Auge bisher am liebsten an Himmel und Wolken geheftet, gewöhnte er sich nun an eine käferzentrierte Bodenhaftung.

Besonders stolz war Frau Knöterich, als sie Wenzel in der aufgesprungenen Rinde eines Ahorns einen Hirschkäfer zeigen konnte. Wenzel fand das Tier mit den großen schwarzen Scheren am Oberkiefer, die an ein Hirschgeweih erinnerten, und den dunkelbraunen Deckflügeln in Zeichnung und Farbe imponierend. Immer wieder, meinte er mit trotzigem Unterton, bringe die Natur ästhetisch Ansprechendes, ja Schönes hervor, so dass er von der Überzeugung nicht ablasse, das Schöne sei der Natur als eines ihrer Entwicklungsziele immanent und nur so komme es, dass auch der Mensch das Schöne als Maßstab in sich trage.

So in philosophischer Betrachtung des Hirschkäfers versunken, hatten Wenzel und seine Begleiterin den ersten Regentropfen nicht gespürt und befanden sich plötzlich unter einem heftigen Regenschauer, der in einen Dauerregen überging. Wenzel, für alle Wechselfälle des Lebens gerüstet, zog seinen Anorak mit Kapuze aus dem Rucksack, musste aber feststellen, dass Frau Knöterich nicht in gleicher Weise Vorsorge getroffen hatte. Er wickelte sie in die Übergröße seiner Regenhaut und riet, auf kürzestem Weg seine Wohnung anzusteuern, die in einer viertel Stunde zu erreichen sei. So könnten sie anstelle der zweiten Stunde Käferjagd, einen Kaffee bei ihm trinken, den seine Frau sicher gerne bereiten werde.

Als Wenzel seine Wohnung aufschloss und „Christa, ich bin's" in den Flur rief, fand er kein Echo. Es war, als hielte die Wohnung den Atem an.

„Vielleicht ist meine Frau weggegangen, um etwas einzukaufen," sagte er zu Frau Knöterich. „Sie hat mich ja erst in einer Stunde erwartet."

Als er Frau Knöterich aus dem Anorak geholfen hatte und sie ins Wohnzimmer bitten wollte, hörte er Geräusche am Ende des Ganges. Sie mussten aus Christas Schlafzimmer kommen, ein hastiges Trippeln. Auch glaubte er flüsternde Stimmen zu vernehmen.

Wenzel blieb vor der Wohnzimmertür stehen und starrte ins Dunkle, aus dem die Geräusche kamen. Da trippelte Christa zögernd aus der Schlafzimmertüre. Sie sah unordentlich aus. Das schwarze Band im Nacken hielt nur einen Teil ihrer langen blonden Haare zusammen. Rechts und links fielen Strähnen herunter. Ihre blauweiß gestreifte Bluse hatte sie vorne in den Jeansrock gestopft, während sie hinten verknautscht heraushing.

Als sie die fremde Frau im Gang stehen sah, entschuldigte sie sich sofort wegen ihres Aufzugs.

„Ich habe gerade den frisch gewaschenen Vorhang im Schlafzimmer wieder aufgehängt und unser Freund, Herr Zborowski, hat mir dabei geholfen," sagte sie erklärend.

„Sie brauchen sich nicht zu entschuldigen", meinte Frau Knöterich.

„Bei der Arbeit sollte man nicht von unangemeldeten Gästen gestört werden."

Christa glaubte zu bemerken, dass Frau Knöterich diesen Satz, insbesondere aber die Worte „bei der Arbeit" mit einem spöttischen Lächeln begleitete.

Josef Zborowski erschien geraume Zeit später. Er hatte sich Zeit gelassen, sein Äußeres in Ordnung zu bringen. Sein dunkles, kurzgeschnittenes Haar war wie immer sorgfältig gekämmt. Nur die gelbe Krawatte mit den blauen Blümchen hatte in der Eile einen etwas zu kleinen Knoten bekommen, der nicht ganz in der Mitte saß.

Josef war nicht einen Augenblick verlegen. Frau Knöterich bedachte er mit einem dezenten Handkuss. „Nett, dass du wieder da bist", bemerkte er fröhlich zu Wenzel. Dann erbot er sich, in der benachbarten Konditorei Kuchen zu holen, und erkundigte sich nach den Vorlieben Wenzels und der Damen. Frau Knöterich entschied sich für Himbeerkuchen.

Josef hielt auch das Gespräch in Gang, als sie zu viert um den Kaffeetisch saßen. Er fand es ungemein interessant, dass Frau Knöterich Chemie und Biologie studiert hatte. Schließlich seien die Kosmetika der Firma Bella, die er vertrete, zum größten Teil chemische Produkte. Neuerdings hätten sie allerdings auch eine Bioserie herausgebracht, so wie der Bäcker in der Nachbarschaft nunmehr Bio-Semmeln und Bio-Brot verkaufe, was auch immer das sein möge. Auf ihrer Bioserie stehe, dass die Produkte aus Pflanzensubstraten zusammengesetzt seien. Dafür kosteten sie mehr. Ob das Zeug der Haut besser bekomme, wisse er nicht. Die chemischen Substanzen kämen schließlich auch aus der Natur. Woher denn sonst. Vom Himmel seien sie nicht gefallen. Aber des Menschen Wille sei sein Himmelreich. Man müsse mit der Zeit gehen und mit den Grünen flöten, wenn man ein Geschäft machen wolle.

Frau Knöterich fand Josefs Ansichten sehr vernünftig. Sie könne das hysterische Getue dieser Ökotanten schon lange nicht mehr hören. Leider seien die Gläubigen der Ökosekte überwiegend weiblich. Sie müsse das zur Schande ihres Geschlechts einräumen. Fortgesetzt redeten diese leidenschaftlichen Müllsortiererinnen über naturwissenschaftliche Vorgänge und hätten nicht die leiseste Ahnung von Physik oder Chemie. Dafür würden sie esoterische Schundhefte lesen. Sie komme da wieder zu ihrem Lieblingsthema; dass die geisteswissenschaftliche Bildung der Ergänzung durch die Naturwissenschaften bedürfe, damit sich der Mensch nicht ins Spekulative, Beliebige verliere.

Wenzel war die ganze Zeit schweigsam geblieben. Er wirkte geistesabwesend. Die Starre in seinem Blick verriet, dass seine Gedanken sich in etwas verbohrt hatten, aus dem er nicht mehr herauskam. Mitten in der Ökodebatte sagte er plötzlich zu Christa gewandt:

„Du hast den Schlafzimmervorhang doch erst in der letzten Woche gewaschen und nass wieder aufgehängt mit meiner Hilfe. Seit wann wäschst du ein und denselben Vorhang jede Woche?"

Christa nestelte nervös an ihren herabhängenden Strähnen und versuchte, sie in den gebundenen Haaren zu befestigen. Sie fielen ihr jedoch immer wieder ins Gesicht.

„Seit wann interessierst du dich für meine hausfraulichen Arbeiten?" sagte sie schließlich gereizt. „Sie waren dir bisher gleichgültig. Dabei sollten wir es belassen. Es ist schon merkwürdig genug, dass du dich neuerdings für Biologie interessierst. Frau Knöterich hat mir erzählt, du betrachtest mit ihr Käfer. Ausgerechnet Käfer. Ich finde Käfer gruselig. Hat Goethe vielleicht Käfer gesammelt? Oder warum hat die Sehnsucht nach dem Krabbelzeug dich gepackt?"

Wenzel war nicht gewillt, auf dieses Ablenkungsmanöver einzugehen.

„Du hast mir nicht beantwortet, warum du jede Woche denselben Vorhang wäschst", insistierte er in einem Ton knurrender Bissigkeit.

Josef Zborowski glaubte, Christa entlasten zu müssen. „Christa wird wohl ihre Gründe gehabt haben. Beim ersten mal, sagte sie mir, war ein Fleck nicht herausgegangen. Da musste sie die Prozedur eben wiederholen. Wahrlich kein Vergnügen. Ich kann es beurteilen. Schließlich habe ich assistiert."

Wenzel erregte diese Einmischung sichtbar. Seine rechte Hand, die eben die Gabel mit einem Stück Käsekuchen zum Mund führen wollte, zitterte so stark, dass das Kuchenstück von der Gabel kippte und auf den Teppich fiel, wo er es mit seinem rechten Schuh achtlos zerdrückte.

Sein Gesicht rötete sich und sein Hals schwoll an, als er in einer von niemand erwarteten Heftigkeit herausstieß: „Etwas Dümmeres hätte dir nicht einfallen können, Josef. Ihr solltet endlich aufhören, mich zum Narren zu halten."

Frau Knöterich war die Situation außerordentlich peinlich. Sie wusste nicht, wo sie hinschauen sollte und stierte schließlich bewegungslos auf den letzten Bissen Himbeerkuchen, der noch auf ihrem Teller lag und den sie nicht wagte, auf die Gabel zu legen, in der Angst, es könnte ihr damit ebenso gehen wie ihrem Kollegen Tischbein.

Schließlich raffte sie sich auf, die schreckliche Stille zu durchbrechen, die nach Wenzels Ausbruch den Raum beherrschte.

Der Regen habe aufgehört, bemerkte sie und es sei wohl besser, wenn sie jetzt nach Hause gehe. Als sie aufstand, sprang auch Josef Zborowski auf. Er habe einen Schirm, sagte er, und werde Frau Knöterich gerne begleiten, denn man wisse nicht, wann der Regen wieder einsetze.

Die beiden waren an der Türe, ehe Christa und Wenzel so recht zur Besinnung kamen. Gerade noch gelang es Christa, Josef ein verächtliches „Feigling" nachzuzischen.

Eigentlich hätte sie sich jetzt eine offene Auseinandersetzung gewünscht, einen handfesten Krach mit viel Schimpfworten auf beiden Seiten. Auch blindwütige Schläge hätten sie nicht überrascht. Aber Wenzel sagte kein einziges Wort mehr. Er ging in sein Zimmer mit dem Lesestuhl und schloss die Türe hinter sich ab.

XIV

Immer öfter sparte sich Josef Zborowski das Treppensteigen auch am Vormittag. Er hielt das vergebliche Klingeln an Wohnungstüren nicht mehr aus, ohne trübsinnig zu werden. Lieber spazierte er durch den kleinen Park mit den hohen Kastanienbäumen und dem Spielplatz, der den

Kindern Schaukel, Rutschbahn und Sandkasten anbot. Am schönsten allerdings fand Josef Zborowski die grün gestrichenen Bänke ringsum. Auf ihnen saßen die jungen Mütter, passten auf ihre Lieblinge auf und langweilten sich.

Josef bot seinen Gruß gegen die Langeweile, sein Lächeln, auch ein heiteres Geplauder, wenn es der jungen Frau genehm war, dass er eine Weile Platz nahm neben ihr, natürlich in geziemendem Abstand. Und viele, überraschend viele, die dem Kosmetikvertreter nicht die Tür geöffnet hätten, fanden es genehm.

Heute allerdings wollte Josef nicht plaudern. Er setzte sich auf eine Bank, die noch leer war, und blinzelte nur zuweilen hinüber zu einer der Nachbarbänke, wenn hautenge Jeans oder ein bunter Minirock Augenfälliges boten.

Erwischte er sich bei solchem Seitenblick, war es ihm fast peinlich vor sich selbst. Schließlich bedrängte ihn Ernstes. Da passten keine Ausflüge ins Flatterhafte.

Seine Existenz stand auf dem Spiel, seine mühsam ausbalancierte Existenz zwischen Christa und Wenzel.

Dabei war alles so gut gelaufen nach Rom. Kein Funke mehr zwischen den Eheleuten, nur noch bleierne Gleichgütigkeit. Da genügte es, die Arme aufzumachen, um Christa darin aufzunehmen. Gut, Wenzel hatte den kleinen Anfall am Kaffeetisch, ausgerechnet vor dieser luchsäugigen Knöterich, die ohnehin alles roch, was sich im Biologischen abspielte. Aber dann war Ruhe, einfach Ruhe.

Wenzel nahm Christa als Haushälterin in Anspruch wie früher, nicht mehr und nicht weniger. Wenn das Essen nicht schmeckte oder Staub auf der Kommode lag, wurde er grantig. Von ihrem Liebesleben nahm er keine Notiz. Nicht einmal Andeutungen waren von ihm zu hören. Der Herr schwieg, vornehm, er nahm von den Niederungen keine Kenntnis.

Dort konnte er, Josef Zborowski, es sich gemütlich machen. Er hatte nichts gegen Niederungen. Es ging dabei nicht nur um das gut gepolsterte Bett der Christa Tischbein. Niemand lebt von der Liebe allein. Josef Zborowski kam auch als Kostgänger. Er wurde sozusagen Wenzels Vorkoster. Was Wenzel um 13.30 Uhr, nach Rückkehr von der Schule, vorgesetzt wurde, hatte Josef um 12.30 Uhr probiert, bescheiden am Küchentisch, aber ausgiebig bis zur vollen Sättigung. Dasselbe geschah mit dem Abendessen. Allerdings schon um 16.30 Uhr, da Wenzel um 17 Uhr von der Wanderung heimkehrte. Josef musste da seinen Magen umgewöhnen. Aber letztlich fand er die frühe Zeit bekömmlich. Der Magen war ganz und gar unbeschwert, wenn er sich zur Nachtruhe legte.

Nun, die Bedürfnisse des täglichen Lebens machen beim Essen nicht halt. Ewas Taschengeld gönnt man selbst dem Unmündigen. Und so meinte Christa, es auch ihrem Josef nicht vorenthalten zu dürfen.

Es gelang ihr, Wenzels Haushaltsgeld auf wundersame Weise zu strecken. Es reichte auch, um Josefs einsame Abende mit Rotwein zu betäuben, ihm Einlass ins Kino zu verschaffen oder ein Rasierwasser zu kaufen, das nicht nach Bella roch.

Alles das hätte zum besten gestanden, wenn, ja, wenn Christa nicht plötzlich dem Wahn der Mütterlichkeit verfallen wäre.

Gestrahlt hatte Christa gestern, als Josef Wenzels Mittagessen vorkostete, gestrahlt, als hätte sie das große Los gewonnen.

„Wir erwarten ein Kind, Josef!" Dies als Jubelschrei. Dabei das anmaßende Pronomen „Wir". Als ob e r irgend etwas erwartete. Nichts hatte er zu erwarten.

Es hätte ja Einbildung sein können. Aber nein, Christa hatte es schwarz auf weiß: Schwangerschaftstest positiv.

Und dann diese rührende Naivität. „Jetzt sind wir eine richtige Familie, Josef! Jetzt gründen wir unser eigenes Heim!"

Sollte er sie vielleicht auf einen Esel packen und nach einer Krippe suchen? Dabei hatte sie ihm erzählt, sie sei unfruchtbar. Die Bemühungen des Lokomotivführers waren schließlich folgenlos geblieben. Und nun das Wunder mit 38. „Weil du mich so liebst, Josef!"

Oh sancta simplicitas!

Nein, er hatte da Klarheit schaffen müssen. Was soll es? Die Welt ist grausam. Man muss sie nehmen wie sie ist, auch in anderen Umständen.

„Dass wir klar sehen, Christa," hatte er gesagt. „Ich kann keine Familie ernähren. Jetzt nicht und künftig nicht.

Es gibt nur zwei Möglichkeiten und keine dritte, so traurig das sein mag. Die erste: du trennst dich von dem Kind, das noch kein Kind ist, nebenbei bemerkt. Ein schwerer Entschluss, ich weiß. Aber die Verhältnisse sind nicht günstig, eher verworren. Man muss sich da schon fragen, ob es nicht verantwortungslos wäre, ein unschuldiges Wesen solchem Unbill auszusetzen. Die zweite Möglichkeit: Wenzel übernimmt die Vaterschaft. Ob du ihn davon überzeugen kannst, dass er der Urheber ist, da hab' ich so meine Zweifel. Rom liegt zu weit zurück. Und in der Zwischenzeit, versicherst du, ist nichts gewesen.

Aber man kann die Dinge ja in der Schwebe lassen. Mit Goethe liebt der Wenzel die Schwebe doch. Er tut ganz einfach nichts. Das Kind kommt und da er die Ehelichkeit nicht anficht, gilt es als ehelich. Zwei Väter gibt es dann, den tatsächlichen und den gesetzlichen.

Oder wenn man die Rollen kennzeichnet: den leiblichen und den finanziellen. Auch die geistige Vaterschaft will ich dem Letzteren zubilligen, denn er hat da sicherlich mehr zu bieten als ich.

So könnte unsere außergewöhnliche Dreiergemeinschaft sich erweitern, vertiefen und einen neuen Sinn gewinnen." Er fand, dass er dies schön gesagt hatte, durchaus würdig und der Situation angemessen.

Aber Christa hatte jegliche Beherrschung verloren. Sie schrie so schreckliche Schimpfworte, dass er sich nicht mehr daran erinnern wollte, schon aus Gründen der Selbstachtung. Eines allerdings blieb ihm im Sinn: „Charakterloser Haderlump". Er fand dies auch jetzt noch ordinär und ungezogen, der Ausweis einer hoffnungslos schlechten Kinderstube. Eine vulgäre Sprachschlamperei im übrigen. Denn ein Hader ist nichts anderes als ein Lumpen und ein Lumpenlump ist doppelt gemoppelt. Er hatte keineswegs beleidigt reagiert. Güte zeigte er und Verständnis, ja er versuchte es mit Zärtlichkeit. Aber die Verstockte schrie „Rühr mich nicht an!" und „Verschwinde!" Und er musste sich schließlich zurückziehen, weil Wenzels Heimkehr aus der Schulstube gefährlich nahe gerückt war.

Gestern nachmittag hatte er sich nicht mehr in die Wohnung der Eheleute Tischbein getraut. Klägliche Reste hatte er um 18 Uhr aus dem Eisschrank geholt, weil der Magen seit 16.30 Uhr seine gewohnten Rechte forderte. Ein Eckchen Münsterkäse war noch da und ein Kanten Brot. Ein halber Liter Württemberger Trollinger milderte Hunger und Einsamkeit.

Wenn er jetzt nicht den Mut fand, zum Mittagessen seine gewohnte Vorkosterrolle anzutreten, als sei nichts gewesen, sagte er sich, dann war er verloren. Kein warmes Nest mehr, nur noch Abstieg in die Schäbigkeit.

Er sprang auf, straffte sich, schickte ein strahlendes Lächeln hinüber zu der jungen Frau mit dem blumigen kurzen Kleid, die ihn von der grünen Nachbarbank kritisch musterte, und schlenderte mit gemächlichem, aber festem Schritt Christas mildtätiger Speisung entgegen.

XV

Margot Knöterich hatte die Wohnung der Tischbeins seit jenem verregneten Nachmittag, der ihr in peinlicher Erinnerung blieb, nicht mehr betreten. Zu den Spaziergängen am Mittwoch pflegte sie sich mit Wenzel Tischbein am Stadtrand zu treffen, und dort trennte sie sich auch von ihm.

Ihre Gedanken aber trennten sich nicht. Selbst in ihren Träumen tauchte der Kollege Tischbein auf. Einmal in Gestalt des Johann Wolfgang von Goethe. Er hob den Zeigefinger und sagte etwas Belehrendes, das sie nicht verstand. Dann küsste er sie auf die Stirne, auch auf beide Wangen und zog sie auf eine sanfte Weise an sich, in der sich Väterliches und Liebhaberisches vermischte. Ein anderes Mal hatte Wenzel die Gestalt eines riesigen Hirschkäfers angenommen. Er umklammerte ihren Hals mit seinen gewaltigen Scheren, so dass sie in Angst und Schrecken erstarrte. Dann aber verwandelten sich die Scheren in menschliche Arme, die zärtlich mit ihr umgingen und sie fühlte sich erlöst.

Tagsüber waren ihre Gefühle noch gespaltener. Einerseits erfüllten sie Wenzels Träumereien in poetische Vergangenheit mit Sympathie. Andererseits wähnte sie ihn mit dem Olympier aus Weimar auf dem "Egotrip", wie ihre Schüler sich ausdrückten, untauglich also zu Brutpflege und Nestgemeinschaft.

Sein Zustand, das glaubte sie mehr und mehr zu spüren, war erlösungsbedürftig, und dem Weiblichen kam hierbei eine Schlüsselrolle zu. Natürlich nicht dem Weiblichen in jeglicher Gestalt. Christa Tischbein zum Beispiel, dessen war sie gewiss, hatte den passenden Schlüssel nicht. An jenem peinlichen Regennachmittag war dies mit Händen zu greifen gewesen. Zu unbedarft dieses Wesen, zu primitiv strukturiert, dachte Margot Knöterich und wusste sich demgegenüber im Vorteil. Vielleicht auch nicht wahlverwandt, um Goethe zu bemühen. Aber wer weiß schon, ob die Chemie stimmt oder die Gene passen? Andererseits war der missglückte Versuch der Christa Tischbein lehrreich und näherer Erkundung wert. Margot Knöterichs Gedanken kreisten häufig um die Pathologie dieser Ehe. Aber sie fanden wenig Nahrung.

Manchmal erwog sie, getrieben von unstillbarer Neugier, Christa in der ehelichen Wohnung aufzusuchen, an einem Tag, an dem Wenzel allein wanderte. Aber dann hatte sie Angst, Josef Zborowski dort anzutreffen und erneuten Peinlichkeiten ausgesetzt zu sein. Schließlich kam ihr der Zufall zu Hilfe. Sie traf Christa Tischbein in einem Kaufhaus.

Es handelte sich in der Tat um einen außergewöhnlichen Zufall. Denn Margot Knöterich hasste Kaufhäuser und betrat sie nur in äußersten Notfällen. Die Ausdünstung unterschiedlichster Waren von Wurst und Käse über Toilettenwasser bis zum Kunststoffmöbel gemischt mit dem Geruch schlecht gelüfteter Besucher bereitete ihr Übelkeit. Auch erlebte sie ungern die eigene Ohnmacht auf der quälenden Suche nach der zuständigen Abteilung oder einer einsatzbereiten Bedienung, die wenigstens annähernd wusste, was sie verkaufte.

Heute hatte sie ein unerwarteter Platzregen in das Kaufhaus getrieben. Sie sah Christa Tischbein in der Lebensmittelabteilung am Käsebuffet. Schräg hinter ihr stehend konnte sie sie unbemerkt beobachten. Es war erstaunlich, in welchen Mengen sie einkaufte. Münsterkäse, Roquefort, Brie, Ziegenkäse, gereiften Schweizer Emmentaler, Appenzeller, fettarmen Schichtkäse, dies alles wanderte in ihren Henkelkorb. War denn Wenzel zum Vielfraß geworden?

Als Christa gezahlt hatte, ging Margot Knöterich auf sie zu. Sie konnte ihre Freundlichkeit schon vorher aufsetzen. Christa war unvorbereitet. Einen Augenblick zeigte sie erschreckte Abwehr, ehe sie an Strahlkraft gleichzog. Dann sagten beide, wie sehr sie sich über die Begegnung freuten. Sie sprachen über die Mühsal des Einkaufens und das schlechte Wetter.

Margot Knöterich schlug vor, in das Café gegenüber zu gehen, wo man sich bequemer unterhalten könne. Der Regen habe nachgelassen. Christa hätte gerne abgelehnt, traute sich aber nicht.

So saßen sie sich an einem Marmortischchen gegenüber, ganz nah, als wären sie eng vertraut, und jede sah die Falten im Gesicht der anderen. Frau Knöterich meinte obendrein zu erkennen, Christas Gesicht habe sich seit jener peinlichen ersten Begegnung verändert. Weicher war es geworden, runder, als hätte jemand Ecken und Kanten ausgepolstert. "Aufgeschwemmt", dachte Frau Knöterich, und gestand nur ungern zu, dass diese Polsterungen dem Gesicht auch etwas Jugendliches, ja Kindliches gaben.

Sie bestellte einen Cappuccino, wollte für Christa mitbestellen, aber die bat um einen Pfefferminztee. Sie vertrage Kaffee nicht mehr, ja es ekle ihr vor diesem Getränk, sagte Christa, fingerte nervös am Henkel ihres Einkaufkorbes, den sie auf einen leeren Stuhl neben sich gestellt hatte, und zeigte plötzlich große rote Flecken im Gesicht, die nach einiger Zeit einer auffallenden Blässe wichen.

Sie ist krank, dachte Frau Knöterich, und es war mehr Neugier als Mitleid, was sie dabei empfand. Als sie die Symptome einer Krankheit zuzuordnen versuchte, fiel ihr ein, es könne sich um durchaus Gesundes, ja Fruchtbares handeln. Sie erschrak bei diesem Gedanken und ihre Neugier wuchs.

"Sie sehen angegriffen aus, liebe Frau Tischbein," sagte sie.

"Es geht mir gut", wehrte Christa ab. Aber Frau Knöterich gab nicht auf.

"Na ja," sagte sie, "Sie haben es ja auch gewiss nicht leicht an der Seite eines so schwierigen Mannes."

Christa sah sie misstrauisch an und schwieg.

"Ich habe den Kollegen Tischbein inzwischen ganz gut kennengelernt", fuhr Frau Knöterich fort. "Er ist ein liebenswerter Mensch, zweifellos. Er lebt in einer anderen Welt, einer poetischen. Das hat seinen Zauber, etwas Märchenhaftes, Kindliches. Und uns Frauen rührt das besonders an. Jedenfalls das Mütterliche in uns, nicht wahr, Frau Tischbein!"

Christa blieb noch immer stumm und reglos.

"Ja, aber in der Realität des Alltags kann man mit diesen Prinzen wenig anfangen," setzte Frau Knöterich nach. "Da lassen sie uns ganz schön im

Stich. Einen Partner, auf den man sich auch einmal stützen kann, wenn's hart auf hart geht, den hat man in ihnen nicht. Zuwendung immer nur als Einbahnstraße. Man gibt und gibt und nichts kommt zurück. Eingesponnen in hehre Gedanken: Edel sei der Mensch, hilfreich und gut, und nicht einmal die schwere Einkaufstasche abnehmen, das Tablett raustragen oder das Geschirr abtrocknen. Vom seelischen Mitempfinden will ich gar nicht reden. Die kennen doch immer nur die eigene Empfindlichkeit, und die wollen sie gepflegt wissen."

Frau Knöterich spürte, wie ihre Worte Christa aufschlossen. Da war keine mürrische Abwehr mehr. Da kam Zustimmung entgegen, die sich nur noch nicht heraustraute.

"So ist es doch, Frau Tischbein", fuhr sie fort. "Mir können sie es ja ruhig sagen. Wir Frauen müssen zusammenhalten. Helfen müssen wir uns gegenseitig und uns nicht von den Männern zu Konkurrentinnen machen lassen."

Christa fiel es schwer, nicht loszuheulen. Sie sprach stockend, mit weinerlicher Stimme. "Ich hab' ja niemand," brachte sie schließlich heraus. "Der Wenzel will nichts von mir hören. Und der Josef, ich mein den Zborowski, den sie neulich bei uns gesehen haben, der Josef ist auch nur darauf aus, dass ich ihn versorg."

"Ich hätte bleiben sollen, was ich war: die Haushälterin von Herrn Tischbein, ein Arbeitsplatz, sonst nichts. Kochen, waschen, putzen und die Gefühle, die gehören in die Freizeit. Jetzt ist alles durcheinander. Eine Ehe und doch keine. Der Josef hat das alles angezettelt. Erst konnt' ich nicht schnell genug heiraten und dann, als alles schief lief, hat er mich ausgenützt.

Das Kind, ja das Kind, was soll aus dem werden? Am Schluss bin ich allein mit ihm. Das Kind wird ohne Vater aufwachsen. Und was kann ich ihm bieten? Nichts."

Christas Ausbruch versiegte plötzlich. Sie starrte auf die Tasse mit ihrem Pfefferminztee.

Frau Knöterich war hellwach. Die Sache mit dem Kind, das musste geklärt werden.

"Sie dürfen ein Kind erwarten?" sagte sie. "Da kann man Ihnen von Herzen gratulieren, Frau Tischbein. Ein Kind ist immer ein Glück, und wenn sich die Männer noch so blöd verhalten. Glauben Sie mir, Frau Tischbein, ich beneide Sie um dieses Glück! Und was Ihren Mann anlangt, der wird sein Glück schon noch begreifen."

Frau Knöterich bemühte sich um einen Ton naiver Unbekümmertheit.

"Wenn das Kind erst da ist, wird es Ihr Mann am wichtigsten haben. Diese Väter kommen sich doch alle vor wie der liebe Gott am siebten Schöpfungstag. Und über den Vaterstolz, liebe Frau Tischbein, erwacht auch wieder das Gefühl für die Mutter. Das können Sie getrost abwarten. Da wäre ich an Ihrer Stelle zuversichtlich. Zu

Verzweiflung und Kopfhängerei besteht absolut kein Anlass!"

Christa schüttelte den Kopf. Ihr Blick wurde wieder misstrauisch und verschlossen.

"Vaterstolz", sagte sie, "dazu wird es gewiss nicht kommen. Aber ich hab' schon viel zu viel geplaudert. Sie sollten das alles für sich behalten. Wenzel weiß noch gar nichts. Er hat ja keinen Blick für mich und das, was mich umtreibt."

"Aber meine Liebe," versicherte Frau Knöterich. "Was Sie mir anvertrauen, bleibt selbstverständlich unter uns. Und wenn Sie einmal wieder das Bedürfnis haben, sich auszusprechen, rufen Sie mich an. Ich stehe Ihnen immer zur Verfügung. Sie sollen nicht mehr sagen, sie hätten niemand, der Ihnen zuhört."

Christa nahm ihren Korb mit den vielen Käsesorten, bedankte sich bei Frau Knöterich für den Tee und fürs Zuhören. Sie ging aus dem Café mit dem Gefühl, sie hätte einen Stein losgetreten. Der rolle nun den Hang hinunter und es sei nicht mehr in ihrer Macht, was er anrichten werde.

XVI

Es war schwierig geworden mit Wenzels Lateinunterricht. Hätten Wiesent, Müller und Edelmann ihm nicht einen gewissen Schutzraum gesichert, wäre Wenzel längst untergegangen. Manchmal saß er draußen am Lehrerpult, den Kopf auf den rechten Arm gestützt, und stierte ins Leere. Er merkte dann nicht, dass der Schüler, den er aufgerufen hatte, schon seit geraumer Zeit nicht mehr übersetzte. Die jungen Leute unterhielten sich, spielten Karten, lasen, machten Hausaufgaben für andere Fächer. Wurde der Geräuschpegel zu hoch, beschwichtigten Wiesent, Müller und Edelmann, mahnten zur Stille.

Manche sagten, man müsse Wenzels Absencen dem Direktor melden. Schließlich falle auf diese Weise der Unterricht zeitweilig aus. Aber Edelmann entgegnete, der "Goethe" sei etwas Besonderes und lieber etwas Besonderes mit Pausen als das Gewöhnliche pausenlos. So blieb Wenzel am Lehrerpult ungestört.

Heute, am Donnerstag allerdings, dauerte die Absence schon fast eine viertel Stunde, und selbst die Goethefreunde Wiesent, Müller und Edelmann wurden unruhig.

Wenzel kam nicht los von dem, was ihm Frau Knöterich gestern erzählt hatte. Erst waren es merkwürdige Andeutungen von Veränderungen, die sich anbahnten und davon, dass er nun ja bald einer richtigen Familie vorstehe.

Er verstand nichts und bat Frau Knöterich, sich klarer auszudrücken. Da kam dann alles, was Frau Knöterich von Christa im Café erfahren hatte.

Wenzel war völlig verwirrt. Ahnungslos lebte er neben Christa und merkte nicht, dass in ihr eine

Zeitbombe tickte. Jawohl, eine Zeitbombe fiel ihm ein, die nicht mehr anzuhalten war und ihn schließlich aus den gewohnten Gleisen seines Lebens werfen würde. Keinen Augenblick zweifelte er an der Vaterschaft jenes Herrn Zborowski, wie er ihn nun in Gedanken nannte, obgleich er ihn in der Realität duzte, ihn Josef hieß wie einen alten Freund. Ob Frau Knöterich dies ebenso klar sah, wusste er zunächst nicht.

Frau Knöterich verkündete auch sofort, was er zu tun hätte. Einen klaren Trennungsstrich ziehen, sagte sie. Das sei er seiner Selbstachtung schuldig. Selbstachtung? Daran hatte er noch nicht gedacht. Das eigene Terrain behaupten, wenigstens ein kleines Stück. Das schon. Man brauchte eine Basis für die eigene Phantasie, gesichert gegen Feindeinwirkung.

Einen Trennungsstrich ziehen, sagte Frau Knöterich. Josef, Christa und deren Kind auf der einen und er auf der anderen Seite. Scheidung, Anfechtung der Ehelichkeit, Anwälte, Gerichte, Schriftsätze, Termine, Angriffe, Bloßstellungen, ein Knäuel angstbesetzter Geschäftigkeit. Und dann? Die Angst vor der Stille. Auch keine Fürsorge mehr, keine Ergebenheit in Bratkartoffeln und gebügelten Hemden.

Vielleicht könnte er sich einen Hund halten. Seine angstbesetzte Fantasie ging merkwürdige Wege. Einen Cockerspaniel zum Beispiel oder einen Scotchterrier. Bei den Spaziergängen mit Goethe würde der nicht stören. Man könnte ihn hin und wieder ansprechen, das Fell kraulen. Aber wohin mit ihm, wenn er in die Schule musste? Katzen wären da selbständiger. Die haben keine Angst vor dem Alleinsein. Und doch sind sie bei Bedarf zutraulich, zeigen schnurrende Dankbarkeit für die kraulende Hand. Wie war er jetzt auf Hunde und Katzen gekommen? Einen Trennungsstrich ziehen sollte er, meinte Frau Knöterich. Mussten es denn beide sein, Christa und Josef?

Vielleicht war Christa bereit, sich von Josef zu trennen. Drei gegen einen – und der Einsame war dann Josef. Das Kind allerdings machte es schwierig. Josef konnte sich an das Kind hängen, über das Kind eindringen in Wenzels Mauern. Und dann die Gene! Das Kuckucksei in Wenzels Nest. Wenn da ein kleiner Zborowski herauskäme, ein Hochstapler, Schwindler und Betrüger, der vor nichts zurückschreckt. Und der trüge dann den Namen Tischbein.

Als Wenzel noch das Kuckucksei bebrütete, erhob sich Edelmann. Nach seiner Uhr dauerte Wenzels Absence jetzt 17 Minuten und das war zuviel. Edelmann ging hinaus zum Lehrerpult und redete Wenzel an.

"Herr Tischbein", sagte er, "ist es Ihnen nicht gut? Sind Sie krank? Soll ich einen Arzt holen?" Wenzel erschrak. Er stand auf und stellte sich neben Edelmann. "Lassen Sie's gut sein. Es geht schon wieder," sagte er. "Eine kleine Unpässlich-

keit. Wir können in der Übersetzung fortfahren."
"Aber Sie dürfen das nicht auf sich beruhen lassen, Herr Tischbein."
Edelmann bemühte sich um einen Ton freundlicher Besorgtheit. "Sie müssen so bald wie möglich zum Arzt gehen. Wir machen uns Sorgen um Sie!" Wenzel tat diese Besorgtheit wohl. Sie schien ihm auch nicht unbegründet. Seit heute nacht horchte er auf sein Herz. Es schlug merkwürdige Kapriolen. Auf dem linken Ohr liegend hörte er es stolpern. Zwei Schläge dicht hintereinander, dann eine Pause, dann eine Salve von drei Schlägen, schließlich einige Sekunden ruhige Normalität. Aber ehe er Sicherheit gewinnen konnte: wieder das Stolpern, auch längere Salven in rasender Geschwindigkeit. Die Angst griff nach seiner Brust und trieb ihm den Schweiß auf die Stirn. Er hätte beinahe nach Christa gerufen. Aber nach dem, was ihm Frau Knöterich erzählt hatte, wagte er keinen Hilferuf.

Jetzt, wo Edelmann sich um seine Gesundheit sorgte, horchte er wieder nach Innen. Das Herz meldete sich, kräftig, ruhig, als wäre Verlass auf den Motor. Dann plötzlich Stille, nichts! Das Leben hatte aufgehört. Nein, jetzt kam der Motor wieder. Stotternd erst, dann ruhig gleichmäßig. Und plötzlich erneut Stillstand, Pause. Der Neuanfang war nicht mehr zu hören. Das Schrillen der Schulglocke deckte alles zu.

Wenzel ging hinaus, stapfte die Treppe hinunter. Er wusste nicht, ob er etwas gesagt hatte zum Abschied. Was die Klasse zu übersetzen hätte bis zum nächsten mal. Es war ja auch nicht so wichtig. Er musste nach Hause. Auf dem nächsten Weg. Einen klaren Trennungsstrich sollte er ziehen, hatte Frau Knöterich gesagt. Er musste mit Christa reden, sofort. Schweigen, das durfte nicht länger sein. Schweigen wäre noch schlimmer als reden.

Er zog seinen Mantel nicht aus, als er die Wohnungstüre aufgeschlossen hatte, obwohl das Regenwasser an ihm herunterlief. Er ging in die Küche. Dort musste Christa sein. Sie stand am Herd und wendete die Bratkartoffeln in der Pfanne.

„Warum hast du mir nichts gesagt?" rief Wenzel grußlos mit einer merkwürdig schrillen Stimme. Christa wusste sofort, was er meinte. Sie hatte Angst. Auf Wenzel, das spürte sie, war nicht mehr Verlass. Der starre Blick, die nassen, wirren Haare, der Mantel, den er falsch zugeknöpft hatte, Wenzel war nicht mehr in seiner Ordnung.

Wenn er nun plötzlich über sie herfiel, dachte sie. Vielleicht würde er ihren Hals umklammern und zudrücken, zudrücken, bis ihr die Luft ausging. Sie wollte schreien, laut und durchdringend, aber sie hörte sich ruhig und mit distanziertem Befremden sagen: "Was meinst du eigentlich? Wie siehst du denn aus. Ziehe doch deinen nassen Mantel aus!" Wenzel ließ sich nicht ablenken.

"Du weißt gut, was ich meine", sagte er. "Du hast mir nicht gesagt, dass du ein Kind erwartest. Nichts hast du gesagt. Ich musste es hinten herum erfahren. Die Knöterich musste mich aufklären."

Die Schlange, dachte Christa. Das ist kein harmloser Käfer. Eine Schlange ist das. Sich einschleichen und dann zubeißen.

"Ich hatte es nicht gewagt, es dir zu sagen." Sie sprach leise und demütig. Gegen die Schwäche wird er nicht losschlagen, dachte sie. Längst hatte sie dem Herd den Rücken gekehrt, um Wenzel im Blick zu haben. Jetzt roch sie, dass die Kartoffeln anbrannten.

"Die Kartoffeln," sagte sie. "Ich muss die Kartoffeln vom Herd tun."

Das war das Stichwort für Wenzel.

"Deine Dreckskartoffeln," brüllte er. „Ich brauch' deine Kartoffeln nicht!„

Noch ehe Christa zugreifen konnte, schlug er mit der geballten Faust gegen die Bratpfanne, dass sie über die Herdplatte schoss und auf den Küchenboden polterte.

Einen Moment blieb Wenzel stumm stehen, erschrocken über seine Tat. Dann spürte er den Schmerz an seiner rechten Hand, einen unerträglich stechenden Schmerz. Die heiße Pfanne hatte seine Haut verbrannt. Mit der unverletzten Linken umklammerte er die verwundete Rechte, als müsste er sie tragen. Auch gab er einen jaulenden

Ton von sich, der dem eines getretenen Hundes glich.

„Mein Gott, Wenzelchen," rief Christa, „du hast deine Hand verbrannt! Lass dir helfen. Ich hole Salbe und Mullbinde!"

Wenzel wehrte sich nicht gegen Christas Barmherzigkeit. Er spürte, wie ihr Atem über die Wunde strich, als könnte sie den Schmerz wegblasen. Die Salbe trug sie behutsam auf. „Es tut gleich nicht mehr weh, Wenzelchen," sagte sie dabei. Und als der weiße Mull allen Schmerz unter sich begrub, nahm sie Wenzel am linken Arm, führte ihn zur Couch im Wohnzimmer und wies ihn an, sich hinzulegen und die Augen zu schließen. Dann werde alles wieder gut.

Als er die Lider senkte und der Schmerz nachließ, kam Wenzel Frau Knöterich wieder in den Sinn und ihr Rat, einen klaren Trennungsstrich zu ziehen. Dazu reichen meine Kräfte jetzt nicht, beruhigte er sich. Immerhin öffnete er noch einmal die Augen, richtete sich ein wenig auf und sagte zu Christa, die zu seinen Füßen saß. „Das Kind ist von diesem Zborowski. Wie kannst du mir das antun?"

Christa bemühte sich um eine weinerliche Stimme. „Es tut mir so leid, Wenzel", sagte sie. „Ich weiß, es gibt keine Entschuldigung für mich. Nur, Wenzel, du hast mich sehr allein gelassen, arg allein."

Da ließ es sich Wenzel gefallen, dass sie ihm über den Kopf strich. Er meinte, er habe genug gestritten für heute, schloss die Augen erneut und schlief ein.

XVII

Wenzels Brandwunden heilten. Und je weniger er sich auf seine Schmerzen zurückziehen konnte, um so drängender trafen ihn die Mahnungen Margot Knöterichs. So war es kein Zufall, dass er gerade an einem Mittwoch abend, eben von seiner biologischen Wanderung zurückgekehrt, den zweiten Anlauf nahm, einen klaren Trennungsstrich zu ziehen.

Dieses mal versuchte er es mit Tinte und Papier. Ein Brief, sagte sich Wenzel, gibt dem Verfasser die Chance, seine Gedanken ungestört zu entwikkeln. Der Adressat, noch ist er ahnungslos, kann ihm nicht ins Wort fallen, ihn weder erweichend noch drohend anblicken, ihn auch nicht durch das Anbrennen von Kartoffeln außer Fassung bringen. Wenzel schloss sich in sein Lese- und Arbeitszimmer ein, setzte sich an den Schreibtisch und schrieb in seiner zierlichen, reinlich-korrekten Schrift:

Liebe Christa, es ist gut, miteinander zu reden. Aber wenn etwas endgültig sein soll und damit der Diskussion entzogen, ist es besser, die Schriftform zu wählen.

So schreibe ich Dir einen Brief, um unsere Beziehungen neu zu ordnen, denn sie sind, wie Du weißt, arg in Unordnung geraten.

Du hast diesem Herrn Zborowski Einlass in unsere Gemeinschaft verschafft, ihn schließlich zum Liebhaber genommen und erwartest von ihm ein Kind. Ich will das nicht moralisch werten. Aber es ist eine Tatsache, die Du nicht bestreiten kannst: unsere Ehe hast Du durch eine andere Gemeinschaft ersetzt. Es bleibt nur, die rechtliche Konsequenz aus diesem, Deinem Schritt zu ziehen und unsere Ehe auch formal aufzulösen.

Diese Konsequenz fällt mir nicht leicht, denn ich habe von Dir auch liebevolle Zuwendung erfahren und bin Dir dafür dankbar. Letztlich hat sich aber doch erwiesen, dass eine Ehe ohne gemeinsame Interessen und einem annähernd gleichen Bildungsstand auf die Dauer nicht gutgehen kann, jedenfalls in unserer heutigen Zeit. Insoweit scheint mir, ich muss es mit großem Bedauern feststellen, Goethes Lebensentwurf nicht übertragbar.

Ich werde in den nächsten Tagen einen Anwalt damit beauftragen, unsere Scheidung in die Wege zu leiten.

Um klare Verhältnisse zu schaffen, sollten wir unsere Wohngemeinschaft möglichst bald aufheben. Herrn Zborowski möchte ich nicht mehr in unserer Wohnung sehen.

Gerne bin ich Dir bei der Suche nach einer kleinen Wohnung für Dich behilflich und auch bereit, für Deinen Unterhalt aufzukommen bis diese Frage im Scheidungsverfahren abschließend geregelt ist. Für Deinen Unterhalt, wohl gemerkt, nicht für den des Herrn Zborowski. Du solltest Dich dieses Schmarotzers so rasch wie möglich entledigen, wenn ich Dir einen guten Rat geben darf, so rasch wie möglich, auch wenn er der Vater Deines Kindes ist, was ich zutiefst bedaure.

Mit den besten Wünschen für Deine Zukunft

Wenzel

Den Brief hinterließ er auf der Ablage an der Garderobe, als er um ½8 Uhr morgens zur Schule aufbrach. Christa erreichte er erst um 11 Uhr. Sie ging zur Wohnungstüre, um Josef Zborowski zu öffnen, der sein Voressen einnehmen wollte. Er hatte sich dieses Privileg zurückerobert, denn Christa wäre sich unmoralisch vorgekommen, hätte sie den Vater ihres Kindes hungern lassen. Josef hängte seine Lederjacke an den Garderobenbügel und merkte dabei mit traurigem Blick, dass deren Eleganz mehr und mehr in abgewetzte Schäbigkeit überging. Dann sah er den Brief und erkannte Wenzels Schrift.

„Ein Liebesbrief von deinem Mann", sagte er grinsend. Er gab ihn Christa und seine Hand zitterte dabei.

Christa setzte sich an den Küchentisch und zerriss das Couvert ungeduldig mit den Fingern. Josef stand hinter ihr. Er schaute ihr über die Schultern. „Scheiße", rief er, als er den Inhalt des Briefes überflogen hatte. Christa sagte gar nichts.

„Von wegen Schmarotzer", fuhr Josef fort. „Den halben Umzug hab' ich ihm gerichtet. Ohne mich wär' er aufg'schmissen g'wesen, der damische Ritter. Dir Vorwürfe machen, dass du aus der Ehe aus'treten bist. Der is' nie eintreten, der Jammerlappen. Da hat ja nix g'holfen. Net a'mal Rom hat da g'holfen bei dem Goethespinner, dem impotenten."

„Sei nicht so g'schert" meldete sich Christa jetzt. „Ich lass' es nicht zu, dass du den Wenzel in den Dreck ziehst."

„Mir geh'n halt die Nerven durch, Christa, verstehst? Des is' net das einzige Unglück heut! Von Bella kam auch a' Brief. Die Vertretung ham's mir entzogen. Ab sofort, weil ich zu wenig Umsatz mach! Nix mer is'. Aus, Sense! Sozialhilfe, Betteln oder a' Kugel in' Kopf!"

„Red' kein' Unsinn!" sagte Christa. Aber sie sagte es ohne Nachdruck. Für Josef genügte der Widerspruch, um wieder in die Offensive zu gehen. „Christa", sagte er, „vielleicht hast du recht. Wir sollten uns nicht unterkriegen lassen, nicht von dem. Der kann uns hier nicht vertreiben. Wir zwei, wir müssen für unser Kind kämpfen, Christa, verstehst? Er muss gehen, nicht wir drei! Soll er doch seinem alten Goethe Gesellschaft leisten. Die Toten zu den Toten. Da hat er die Ordnung, die er will! Hast du nicht gesagt, der Wenzel sei krank in letzter Zeit, herzkrank? Die Pumpe läuft nicht mehr so recht?"

„Was soll die Frage?" Christa stand auf, um Josef ins Gesicht zu sehen, misstrauisch, prüfend. Sie hatte plötzlich Angst vor ihm.

„Wenzel ist nicht ernstlich krank", sagte sie. „Ich hab' das im Gefühl. Es sind wohl die Nerven. Es nimmt ihn mit, die Auseinandersetzung, die Trennung. Er ist nicht für den Streit gemacht."

„Und wenn schon", sagte Josef unbeirrt. „Jedenfalls schluckt er Pillen und Tröpfchen. Es könnten ja auch mal die falschen sein. Ich kenn' da einen Apothekengehilfen, der flexibel ist und eine offene Hand hat. Eine risikogerechte Bezahlung bewirkt viel."

Christa war jetzt hellwach. „Von was redest du eigentlich?" rief sie erregt. „Ich will mit diesem Gerede nichts zu tun hab'n. Nichts, gar nichts!"

„Nichts zu tun haben", äffte sie Josef nach. „Willst du unsere Chancen verschlafen? Wir haben nicht mehr lange Zeit. Noch bist du Wenzels Frau und noch ist dein Kind sein Kind. Du bist seine Erbin. Er hat immerhin eine halbe Million auf der hohen Kante, hast du mir erzählt. Du bekommst die Witwenpension dein Leben lang, dein ganzes Leben lang und für unser Kind zahlt dir der Staat Waisengeld. Das alles zerrinnt, wenn du nicht aufwachst und diesen Wenzel gegen dich agieren lässt. Wir müssen ihm zuvorkommen, wir beide. Du musst mich nur machen lassen, mir nicht den Weg versperren. Ich werd' unsere Zukunft sichern, für uns beide, Christa, und für unser Kind."

„Du spinnst", rief Christa erregt. „Du bist verrückt! Willst du den Wenzel umbringen? Ich tu diesem Mann nichts zuleide und du auch nicht, verstehst du? Du kommst mir nicht mehr in die Wohnung. Mit dem Schmarotzerleben ist es vorbei. Such dir doch eine andere Dumme, wenn du noch eine findest. Ich komm' allein zurecht. Ich sorg auch allein für mein Kind. Ich bin's doch gewohnt, dass mir niemand hilft."

Christa schluchzte heftig. Josef, geübt Schwächen zu nützen, versuchte, seinen Arm um sie zu legen. Ihre jähe Reaktion überraschte ihn. Christa stieß ihren rechten Ellenbogen kraftvoll in seine Magengrube. Er klammerte sich an den Küchenstuhl, um nicht zu Boden zu gehen. Christa wich zurück. Sie erwartete seinen Angriff. Josef aber richtete sich auf, blieb stehen und starrte sie mit merkwürdig glasigen Augen an.

„Entweder er oder ich", sagte er dann. „Wenn ich ihn nicht aus dem Weg räume, erschieß ich mich. Verstehst du? Erschießen! Den Revolver hab ich dir schon einmal gezeigt. Gelegenheitskauf und seit 10 Jahren meine Lebensversicherung. Lass

dir die Sache nochmals durch den Kopf gehen. Ich meld' mich wieder. Servus, Christa."
Er ging, ohne sich umzudrehen, und schloss die Wohnungstüre leise, als fürchte, er jemand aufzuwecken.

XVIII

Kriminalkommissar Martin Holderlein hielt sich für einen Dichter. Früher hatte er gerne gereimt, zu Geburtstagen seiner Frau beispielsweise oder zu Kameradschaftsabenden der Polizei. „Und im Netz der schlauen Fragen muss der Gauner rasch verzagen," besang er die Vernehmungskünste seiner Kollegen. Jetzt, in der höchsten Dienstaltersstufe, wollte er sich den Kopf nicht mehr auf der Suche nach gleich klingenden Silben zerbrechen. Aber er bemühte sich um eine gehobene Prosa, auch in seinen Vernehmungsprotokollen. Manche Zeugen, ja selbst die Beschuldigten, fühlten sich angerührt, wenn sie ihre Worte so ins Feierlich-Höhere verfremdet lasen. Insbesondere Frauen unterschrieben dann mit einer Träne der Rührung im Auge.
So geschah es auch bei Christa Tischbein, verwitwete Sterndobler, geborene Holzschuher. Kommissar Holderlein hatte erst ihre Personalien aufgenommen. Dann schilderte er – nach Christas Vorgaben – deren Eintritt in die Dienste Wenzels,

das „Knüpfen zarter Bande" zwischen Wenzel und ihr, Josef Zborowskis Rolle als Hausfreund und Berater in der Eheanbahnung, die Gallenkolik mit Wenzels Eheversprechen, die Trauung vor der Entfernung des Gallensteins, die Abkühlung der ehelichen Liebe, das Scheitern der Wallfahrt nach Rom, die Bedrängnis durch Josef Zborowski, ihren Sündenfall und die Folgen, Wenzels klaren Trennungsstrich mit Tinte und Papier, Josef Zborowskis panische Reaktionen, seine Idee, Wenzel zum toten Goethe zu schicken, seine Drohungen mit dem Revolver. Soweit sind wir im Bilde und können auf Kommissar Holderleins Prosa verzichten. Wollen wir aber den Fortgang erfahren, sind wir auf die restlichen Seiten des Protokolls angewiesen. Auf Seite 5 oben ist da zu lesen:

„Mittags kam mein Mann pünktlich von der Schule. Ich habe Käsespätzle gekocht und er aß mit großem Appetit zwei Teller davon, während mir die Käsefäden im Mund kleben blieben und ich kaum zwei Gabeln voll hinunterbrachte. Dann fragte mich mein Mann, ob ich seinen Brief gelesen hätte. Ich bejahte dies und fügte gleich hinzu, dass ich seine Entscheidung verstehen könne und alle Folgen auf mich nähme. Dabei musste ich weinen. Dann erzählte ich, wie Josef Zborowski auf den Brief reagierte, von den falschen Pillen und Tröpfchen und von dem Revolver. Ich sagte ihm auch, dass mir der Josef merkwürdig verändert vorgekommen ist, so als sei er nicht mehr ganz da mit seinem stieren Blick, wo er sonst doch so liebenswürdig sein konnte. Schließlich bat ich meinen Mann, heute auf seinen Nachmittagsspaziergang zu verzichten. Ich hätte Angst, sagte ich, der Josef könne ihm etwas antun, so merkwürdig erregt, wie der jetzt sei.

Mein Mann erwiderte aber, er sehe keinen Grund zur Ängstlichkeit. Der Zborowski sei ein Hochstapler, ein Gauner und ein Taugenichts, aber ein Schläger oder gar ein Mörder, das sei er nicht. Und was im Menschen nicht ist, habe Goethe gesagt, das kommt auch nicht aus ihm.

Dann hat er seinen Rucksack genommen mit den Goethegedichten – wie immer – und ist gegangen. Als er um vier Uhr nicht zurückkam, wurde ich sehr unruhig. Er war ja immer pünktlich wie die Uhr. Um fünf Uhr klingelte dann das Telefon. Ich erkannte die Stimme von Josef Zborowski, obwohl er sich nicht mit seinem Namen meldete. Er sagte, vor Aufregung stotternd, der Wenzel liege mit einer Kugel im Kopf in der Kiesgrube neben der Ebbinger Mühle. Ich sei jetzt frei. „Du weißt von nichts", fuhr er dann sehr eindringlich fort. „Ich werd' für einige Zeit verreisen. Wenn sich die Aufregung gelegt hat, komm' ich wieder. Pass inzwischen gut auf unser Kind auf." Ich brachte zuerst kein Wort 'raus. Dann schrie ich „Mörder, Mörder" ins Telefon. Aber er hatte bereits eingehängt. Es wurde mir schwindlig und ich musste mich setzen. Als ich mich wieder etwas gefasst hatte, rief ich die Polizei an. Sie kamen und brachten mich in die Kiesgrube neben der Ebbinger Mühle, damit ich meinen toten Mann identifiziere. Es war für mich ein entsetzlicher Anblick. Wenn ich gefragt werde, ob ich mich mitschuldig fühle am Tod meines Mannes, dann muss ich sagen, im moralischen Sinne ja, denn ich habe mich mit dem Mörder eingelassen, was mir heute unbegreiflich ist. Aber gewollt habe ich dieses Ende nicht, im Gegenteil, ich wollte es verhindern, Josef von seiner Tat abbringen. Es wird mir auch vorgehalten, warum ich die Polizei nicht bereits verständigt hätte, nachdem Zborowski Mordabsichten geäußert und in diesem Zusammenhang von seinem Revolver gesprochen hatte. Dazu kann ich nur sagen, dass ich mich zunächst von meinem Mann überzeugen ließ, der Josefs Drohungen nicht ernst nahm und ihn nicht für fähig hielt, einen Menschen zu töten.

Schließlich wird mir die Frage gestellt, was denn – nach meiner Meinung – den Josef Zborowski dazu getrieben habe, meinen Mann umzubringen. Es ist schwer, in einen Menschen hineinzuschauen. Aber ich glaube, den Josef hat die Angst in die Panik getrieben. Das klingt komisch, weil der Josef ja immer so forsch aufgetreten ist und sich wie ein Gauner benommen hat. Aber wie ich ihm näher gekommen bin, hab' ich gespürt, dass er schrecklich Angst hatte vor dem Leben, und in seiner Angst hat er sich an Frauen geklammert, die ihn beschützen sollten und ernähren. Er selbst ist ja überall gescheitert, ein erfolgloser Vertreter, dem man am Schluss die Vertretung entzogen hat. Da hat er sich in seiner Fantasie eine letzte Zuflucht gezimmert: eine richtige kleine Familie; er, ich und das Kind und finanzieren, finanzieren sollte das der Wenzel, wenn nicht als Lebender, dann als Toter, das war das Irre, das Wahnwitzige. Dass ich diesen Irrsinn nicht mitmachen würde, das hat er in seinem Wahn einfach nicht akzeptiert. Er hat geglaubt, ich würde mich dann schon fügen, wenn Wenzel nicht mehr lebte. So ähnlich wird es wohl gewesen sein. Und dass er es fertig brachte, dem Wenzel auf dem kleinen Wiesenweg oberhalb der Kiesgrube aufzulauern und auf ihn zu schießen, da mag auch noch ein wenig Eifersucht mitgespielt haben. Das glaube ich schon, denn er hat ja gemerkt, dass ich den Wenzel nicht ganz aufgebe und dass ich ihn irgendwie mehr respektiere als ihn."

Als Kriminalkommissar Holderlein diesen Text in seinen Computer getippt und ausgedruckt hatte, las er ihn Christa Tischbein vor. Sie saß vor ihm auf einem alten, knarrenden Holzstuhl und starrte unentwegt auf den einzigen Wandschmuck hinter Holderleins Schreibtisch, einem Bildkalender, auf dem der Watzmann in der Abendsonne glühte. Sie hatte ein schwarzes Kostüm an, einfach geschnitten, aber in guter Stoffqualität. Ihre blonden

Haare wurden von einem schwarzen Kopftuch abgedunkelt. Angestrengte Blässe hatte die gesunde Dumpfheit aus ihrem Gesicht verdrängt. Sie sah aus wie eine Witwe aus besseren Kreisen. Als Kommissar Holderlein zu den letzten Zeilen kam, in denen von der Eifersucht und ihrem Respekt vor dem Toten die Rede war, nickte sie ernst und würdig und eine Träne rollte aus ihrem linken Auge an der Nase entlang zur Oberlippe, wo sie von einem Spitzentaschentuch aufgefangen wurde. Ob sie mit dieser Wiedergabe ihrer Aussagen einverstanden sei, fragte Holderlein.

„Oh ja," gab die Witwe Tischbein zurück. „Sie haben alles viel, viel schöner geschrieben, als ich es sagen konnte. Und manches ist mir erst in ihren Worten so recht klar geworden, besonders die Gründe, die Josef zu seiner fürchterlichen Tat getrieben haben.

Fast habe ich ein wenig Mitleid mit dem unglücklichen Menschen. Hat man ihn denn immer noch nicht gefunden?"

„Wir haben ihn gestern abend am Bahnhof Lindau geschnappt", sagte Kommissar Holderlein. „Er sitzt jetzt hier in Untersuchungshaft. Übrigens ist er voll geständig und dass Sie mit der Tat nichts zu tun haben, hat er auch bestätigt."

Christa Tischbein seufzte vernehmlich. Dann schrieb sie ihren Namen unter das Protokoll, bedankte sich bei dem Kommissar und ging aufrecht mit gemessenem Schritt zur Tür. Auf der

Treppe ertappte sie sich bei einem Gefühl der Erleichterung, Erleichterung darüber, dass nun alle Männer aus ihrem Leben verschwunden waren, sei es durch den Tod, sei es durch die Abgeschiedenheit hinter Gefängnismauern.

XIX

Oberstudiendirektor Karl Zögerlein befand sich in Verlegenheit. Den tragischen Tod des Oberstudienrates Wenzel Tischbein hatte ihm die Polizei bereits am nächsten Morgen gemeldet. Die Todesanzeige, in der die Witwe Tischbein tiefe Trauer bekundete, enthielt keinen Beerdigungstermin. Gestern war jedoch die Kollegin Knöterich bei ihm erschienen und hatte ihm Tag und Stunde der Beisetzung mitgeteilt mit der nachdrücklichen Bitte, den hochgeschätzten Kollegen Tischbein doch am Grabe zu würdigen.

Karl Zögerlein unterrichtete die Fächer Mathematik und Physik. Er liebte Sachverhalte, die mit logischer Schlussfolgerung zu klären sind. Im vorliegenden Fall war mit logischen Maßstäben nicht allzuviel auszurichten.

Da drängte zunächst das Problem, ob er der Witwe Tischbein schriftlich kondolieren sollte. Eine einfache Sache, wenn die Gerüchte nicht wären, Gerüchte schlimmster Art. Schließlich war der Kollege Tischbein nicht eines natürlichen Todes

gestorben, sondern durch Mörderhand umge-
kommen. Und eben dieser Mörder soll der Liebhaber seiner Frau gewesen sein, sagt man, sagen
viele. Irgendetwas wird ja wohl dran sein an diesem Gerücht, dachte Zögerlein. Und wie soll man
einer Witwe kondolieren, der es vielleicht nur
recht ist, ja geradezu erwünscht, ihren Mann im
Grabe zu wissen? Wenn es nur andere Angehöri-
ge gäbe, den Vater, die Mutter, den Bruder. Aber
nichts dergleichen! Keine Geschwister, die Eltern
schon gestorben. Nur die Witwe. Wo kein Leid,
da kein Beileid, dachte Zögerlein. Ist das nicht
logisch? Also erübrigte es sich, einen Kondolenz-
brief zu schreiben. Bleibt das Problem der Beerdigung, dachte Zögerlein! Die Witwe hatte den
Termin nicht angegeben. Demnach wollte sie ihre
Ruhe haben am Grab. Verständlich unter den gegebenen Umständen, überaus verständlich! Peinlichkeiten waren so am besten zu vermeiden.
Dafür hat diese unselige Kollegin Knöterich offenbar kein Gespür. Was hat sie überhaupt zu tun
mit dem Kollegen Tischbein? Man konnte die
beiden in letzter Zeit häufig zusammen sehen,
auch auf Spazierwegen, auf einsamen Spazierwegen! Fühlt sie sich etwa als die eigentliche Witwe
Tischbein und die beiden Witwen geifern sich an
am Grab? Peinlichkeiten! Man kann gar nicht
genug Abstand halten, dachte Zögerlein.
Die Knöterich, wird nicht nur bei ihm im Direkto-
rat gewesen sein.

Penetrant ist die und hartnäckig. Vielleicht hat sie die halbe Schule mobilisiert. Da stehen dann zehn Kollegen am Grab und dreißig Schüler und der Direktor ist nicht da. Hat kein Herz für seine Lehrer, heißt es dann. Kalter Verstandesmensch! Halt ein Mathematiker!

Oberstudiendirektor Zögerlein saß an seinem Schreibtisch, Nussbaum furniert, als ihm dieses Einerseits-Andererseits durch den Kopf ging. Seine Sekretärin, halbtags beschäftigt, war eben gegangen. Das Getrappel der Schüler auf Treppen und Gängen war abgeebbt. Die kleine Stehuhr mit dem Messinggehäuse, die auf seinem Schreibtisch stand, zeigte zehn nach ein Uhr. Es nahte Zögerleins Essenszeit. Seine Gedanken eilten bereits voraus zum „Italiener" nebenan. Er würde heute eine „Lasagne" bestellen. Das war sein Donnerstagsgericht. Der Einfachheit halber hatte er feste Beziehungen zwischen der immer gleichen Speisekarte und den Wochentagen hergestellt. Nur in den Getränken blieb er flexibel. Heute wollte er sich ein Gläschen Rotwein leisten. Das dämpfte die Unruhe der Gedanken und würde die endgültige Entscheidung in Sachen Tischbein erleichtern, dachte Zögerlein.

Da klopfte es an der Türe seines verlassenen Vorzimmers. Zuerst leise, für Zögerlein an seinem entfernten Schreibtisch kaum vernehmbar, dann lauter, energischer. Schließlich öffnete jemand die

Türe ohne auf sein „Herein" zu warten. Zögerlein stand auf und ging ins Vorzimmer.

Vor ihm standen die Schüler Wiesent, Müller und Edelmann. Edelmann bat um Entschuldigung für die Störung, aber es scheine ihnen notwendig, sich wegen der Beerdigung von Herrn Tischbein abzusprechen. Er nehme doch an, dass auch Herr Zögerlein daran teilnehmen und für die Schule sprechen werde.

Zögerlein bat die Schüler in sein Zimmer, wo er sie vor seinem Schreibtisch Platz nehmen ließ. Die Besucherstühle mussten sie dorthin tragen.

Er habe den Kollegen Tischbein sehr geschätzt, sagte er hinter seinem Schreibtisch. Eine sehr eigenartige, aber eben darum auch eine herausragende Lehrerpersönlichkeit sei er gewesen. Und er hätte ihm gerne das letzte Geleit gegeben.

Nur entspreche das offensichtlich nicht dem Willen der Witwe, denn die habe den Termin der Beisetzung nicht angezeigt und damit kund getan, dass sie keine Trauergäste am Grab wünsche. Dies, so meine er, müsse man respektieren.

Solche Überlegungen, erwiderte der Schüler Edelmann, hätten sie auch angestellt. Aber dann hätten sie einfach die Witwe Tischbein besucht und die habe sich über ihre Anteilnahme gefreut.

„Wir haben ihr erzählt", fuhr Edelmann fort, „dass ihr Mann ein beliebter Lehrer gewesen sei, beliebt, weil er so eigenartig war, so völlig anders als die anderen Lehrer. Die übrigen sind wie wir,

wie alle. Die sind „in", wie man so sagt. Die
könnten auch irgend etwas anderes machen, Auto
verkaufen, zum Beispiel, oder Computer pro-
grammieren oder die Post verwalten. Der Tischbein hätte das alles nicht gekonnt. Der war radikal
„out". Der lebte in einer völlig anderen Welt, in
einer anderen Zeit, irgendwo im frühen 19. Jahr-
hundert bei seinem alten Goethe, völlig ausge-
stiegen war der aus unseren Geschäften und betrachtete sie ganz aus der Ferne mit seiner Ironie
und seinen vielen Zitaten. Uns hat dieser Aussteiger imponiert, vielen von uns Älteren jedenfalls.
Die Kleinen, die in den unteren Klassen, konnten
sicher nichts damit anfangen. Wir, wir liebten das
Schrullige an ihm, weil es so selten geworden ist.
Das haben wir Frau Tischbein gesagt und es hat
ihr gefallen. Wir sollen nur kommen zur Beerdigung, hat sie gemeint. Ihren Mann hätte die An-
hänglichkeit seiner Schüler gefreut, sehr gefreut.
Überhaupt sei es ihr am liebsten, wenn alles so
laufe, wie wenn ihr Mann eines natürlichen Todes
gestorben wäre. Sie habe nur von sich aus niemand mit dieser Tragödie belästigen wollen. Den
meisten Menschen sei es ja peinlich, mit so etwas
umzugehen.

Nach dieser Auskunft haben wir beschlossen,
dabei zu sein, wenn der „Goethe", wie wir ihn
nannten, begraben wird. Ich glaube, es werden
etwa 20 Schüler kommen. Wir haben auch für

einen kleinen Kranz gesammelt und ich soll ihn niederlegen und ein paar Worte sagen.

Wie ich gehört habe, wollen auch einige Lehrer da sein. Ich meine, Herr Zögerlein, da sollten Sie nicht fehlen."

Karl Zögerlein fühlte sich unbehaglich. Sein Magen, gewohnt, um viertel nach ein Uhr gefüllt zu werden, knurrte in immer kürzeren Abständen. Jetzt, nachdem Edelmann geendet hatte, war das Knurren so deutlich vernehmbar, dass es ihm peinlich wurde.

Er musste dringend etwas sagen, um den Magen zu übertönen.

„Ich danke Ihnen für Ihren Bericht, Edelmann", sagte er schließlich.

„Man kann eine Beerdigung unter verschiedenen Gesichtspunkten betrachten: als Veranstaltung für den Toten oder als Veranstaltung für die Hinterbliebenen. Die meisten Trauergäste kommen, um von den Hinterbliebenen gesehen zu werden. Ich würde meinen, es gilt allein, den Toten zu ehren. Unter diesem Gesichtspunkt ist es sehr wohl zu vertreten, dass der Repräsentant der Schule dem Lehrer Tischbein die letzte Ehre erweist."

Herr Zögerlein erhob sich. „Dann sehen wir uns am Samstag," sagte er, nickte, wies mit einer einladenden Handbewegung zur Türe und entließ die drei Schüler, ohne ihnen die Hand zu geben.

Auf dem Weg zum „Italiener" ärgerte er sich, zu einer überstürzten Entscheidung noch vor dem Essen genötigt worden zu sein.

Es war bei den gegebenen Umständen nicht zu vermeiden gewesen.

Ein Gläschen Rotwein, dachte er, werde ich mir heute trotzdem genehmigen.

XX

Frau Knöterich betrat die Aussegnungshalle zögernd. Sie hatte sich im dichten Verkehr verspätet. Die Trauergäste saßen schon. Es galt noch den rechten Platz für sich selbst zu finden. In die düstere Rotunde fiel das Licht nur durch eine milchige Glaskuppel. Es kam nicht auf gegen die marmorne Pracht schwarzer Halbsäulen, die in großer Zahl im Kreis standen und die Totenwache hielten. Die Stühle, im Halbrund um den blumengeschmückten Sarg gruppiert, waren allenfalls zu einem Drittel besetzt.

In der Mitte der ersten Reihe sah Frau Knöterich Christa Tischbein. Sie hatte ein schwarzes Kostüm an und einen schmalrandigen schwarzen Hut mit kleinem Schleier aufgesetzt. Der Witwenschleier, dachte Frau Knöterich, was für ein Theater! Sie sah Christa wieder zerknautscht aus dem Schlafzimmer kommen und hörte sie die Geschichte vom frisch gewaschenen Vorhang erzählen.

Links neben Christa saß der evangelische Pfarrer. Seine rötlich schimmernde Glatze säumte nur ein schmaler weißer Haarkranz. Den heiligen Petrus hatte Frau Knöterich so in Erinnerung aus den Bilderbüchern ihrer Kindheit. Was ihm Christa wohl erzählt hat? fragte sie sich. Sicher nicht die Wahrheit. Wenzel hatte ihr gestanden, er ginge nie in die Kirche. Das lohne sich nicht. Kein Pfarrer sei ehrlich, das spüre man. Sie spielten alle, was sie weder glaubten noch lebten. Am Sonntag vormittag hörte Wenzel in großer Regelmäßigkeit eine Bachkantate im Radio oder auf CD. Die Texte waren ihm gleichgültig. Die Musik vermittle ihm etwas Absolutes, sagte er.

Rechts neben Christa saß der Schüler Edelmann. Ein mutiger Junge, dachte Frau Knöterich. Er hat keine Berührungsängste.

Auf der anderen Seite des Pfarrers hatte Oberstudiendirektor Zögerlein Platz genommen. Im Schutze der Geistlichkeit fühlte er sich sicher.

Neben Zögerlein war noch ein Stuhl frei. Ihn hielt Margot Knöterich für angemessen. Weit genug von Christa Tischbein entfernt, aber dem geliebten Toten doch ebenso nahe wie die, die sich als seine Witwe bezeichnete.

Frau Knöterich ging jetzt mit raschem Schritt nach vorne. Es störte sie nicht, dass ihre Schritte auf dem Steinboden hallten und sich viele Trauergäste nach ihr umsahen. Weiße Rosen spitzten aus dem aufgebauschten Blumenpapier, das sie wie eine Trophäe vor sich hertrug. Einen Augenblick dachte sie daran, die Blumen auf den Sarg zu legen, in einer trotzigen Geste vor all den starrenden Augen. Aber dann war sie sicher, die Geste wäre dramatischer, würde mehr beeindrucken, wenn sie die Blumen ins offene Grab warf, wo sie die polternde Erde mit dem Sarg begrub. Sie setzte sich neben Zögerlein, dem sie zunickte, ohne seine Nebensitzer zu beachten.

In diesem Augenblick hörte sie die Oboe, begleitet von leisem Streicher-Pizzicato. Die Musiker saßen auf einer Empore hinter ihr. Sie wusste, es war der Kollege Trautlov, der so makellos den weitgeschwungenen Melodienbogen zog. Sie hatte ihn darum gebeten. Oboe war Wenzels Lieblingsinstrument. Er sagte, ihr Klang komme der menschlichen Stimme am nächsten, werde er doch durch das Gegeneinandervibrieren zweier Rohrblätter erzeugt wie die menschliche Stimme durch das Aneinandervibrieren der beiden Stimmbänder. Ihn erinnere der Ton an eine Baritonstimme von außerordentlicher Wärme und Schönheit.

Der Kollege Trautlov meisterte das Instrument so professionell, wie man es von einem Schulmusiker nicht erwarten konnte. Er hatte auch gleich an Wenzels einzigen Bezug zur Gläubigkeit, die Bachkantate, gedacht und die einleitende Sinfonia zur Kantate „Ich steh' mit einem Fuß im Grabe" für sich und das Streichquartett der Schule arrangiert.

Die männliche Stimme der Oboe rührte Margot Knöterichs Herz. Sie dachte an die Begegnungen ihres Lebens mit dem Männlichen und daran, dass sie immer mit einem Unglück geendet hatten. Der Erste, noch auf dem Gymnasium, war ein Leichtfuß gewesen, flott im Äußeren, aber flatterhaft im Herzen. Er verließ sie zugunsten einer langhaarigen Blondine. Der Zweite, ein Referendarkollege, hatte ernste Absichten, kam aber in einer Massenkarambolage auf der Autobahn uns Leben. Seitdem trat Frau Knöterich für Geschwindigkeitsbegrenzungen ein. Wenzel Tischbein war der Dritte. Es befand sich alles auf dem besten Wege. Die Ehe stand vor der Scheidung. Die Interessen mischten sich. Sie hatte vier Goethe-Gedichte auswendig gelernt, Wenzel kannte bereits 20 Käferarten. Nur im Körperlichen hielt Wenzel noch Abstand. Aber das wollte sie demnächst in die Hand nehmen, wenn Christa ausgezogen war.

Und dann dieser irrsinnige Mord. Alles war ausgelöscht. 38 Lebensjahre und nur noch die männliche Stimme von Trautovs Oboe im Herzen. Margot Knöterich spürte, dass ihre Augen nass wurden.

Da kamen die Gebete des Pfarrers zur rechten Zeit. Er sprach sie ohne Betonung, gleichmäßig, fast leiernd, als wolle er sich selbst völlig zurücknehmen zugunsten des Allgemeinen. Da er sich mit dem Blick nach unten sammelte, drückte sein Doppelkinn auf die weißen Beffchen und ließ sie vorwitzig in die Luft stehen, so dass sie wie ein fröhliches Lächeln über dem dunklen Talar schwebten.

Frau Knöterich blieb lange auf diese schwebenden Beffchen fixiert und gewann ihnen eine gewisse tröstende Heiterkeit ab.

Der Pfarrer war jetzt dabei, das Leben des Toten zu würdigen. Die nötigen Informationen hatte ihm die Witwe geliefert. Offenbar waren sie dürftig ausgefallen. Der Pfarrer beschränkte sich darauf, Wenzel Tischbein als einen guten Lehrer zu loben, aber auch als einen früh Vollendeten, der sich von den vergänglichen Gütern gelöst und ganz im Geistigen, in den lateinischen Schriftstellern, vor allem aber in den Dichtungen des von ihm so geliebten Goethe gelebt habe.

Auf tragische Weise sei er nun früh von uns und dieser Welt getrennt worden. „Wir, die wir ihn geliebt haben, können zunächst nicht anders als mit der Härte des Schicksals hadern und den verfluchen, der die Hand gegen ihn erhoben hat. Aber dann müssen wir erkennen, dass alles Geschehen seinen Sinn hat in Gott. Er hat den früh Vollendeten zu sich gerufen, weg von den Verstrickungen des Irdischen, denen er entwachsen war, in das Reich des Geistes." Und der Pfarrer schloss triumphierend mit der Lobpreisung der Lehrer im zwölften Kapitel des Propheten Daniel Vers 3:

„Die Lehrer aber werden leuchten wie des Himmels Glanz, und die, so viele zur Gerechtigkeit weisen, wie die Sterne immer und ewiglich."

Witwe Christa Tischbein hatte erstaunt zugehört. Der Josef mit seinem Revolver, dachte sie, war der also ein Werkzeug Gottes?

Und ich, der ich dem Josef die Tür geöffnet habe in meiner Verblendung, hab' ich den lieben Gott hereingelassen? Meine Selbstvorwürfe, die jeden Abend so lange den Schlaf verdrängen, lösen sie sich am Ende auf in Gottes Willen?

Oberstudiendirektor Zögerlein hatte es nicht leicht, nach dem Aufschwung des Pfarrers zu den Sternen mit schlichten Worten Gehör zu finden. Er begnügte sich zunächst damit, den Kollegen Tischbein als einen Lehrer von liebenswürdiger Eigenwilligkeit zu schildern, „der sich mit der Poesie im Rucksack auf Wanderschaft befand."

Auf diesen Halbsatz war er stolz, denn er meinte, es sei ihm damit eine Formulierung von dichterischer Eindringlichkeit gelungen. Bei der Niederschrift seiner Rede hatte er gewusst, dass es ohne Goethe-Zitate nicht abging.

Dem Kollegen Tischbein war man Goethe schuldig. Aber wo das rechte Zitat finden? Im Lexikon der Goethe-Zitate entdeckte er schließlich unter dem Stichwort „Tod" folgenden Ausspruch an Eckermann:

„Wenn einer 75 Jahre alt ist, kann es nicht fehlen, dass er mitunter an den Tod denke. Mich lässt dieser Gedanke in völliger Ruhe, denn ich habe die feste Überzeugung, dass unser Geist ein Wesen ist ganz unzerstörbarer Natur; es ist ein fortwirkendes von Ewigkeit zu Ewigkeit. Es ist der Sonne ähnlich, die bloß unsern irdischen Augen unterzugehen scheint, die aber eigentlich nie untergeht, sondern unaufhörlich fortleuchtet."

Sieh an, dachte Zögerlein, der Goethe glaubte an ein Fortleben nach dem Tod. Nicht so ganz christlich. Vom Leib ist nicht die Rede! Und der soll doch auferstehen nach christlichem Glaubensbekenntnis. Aber wer glaubt das heute noch! Immerhin der Geist! Goethe lässt den Geist nicht untergehen, auch nicht den Geist des Kollegen Tischbein. Ein schöner Schluss für meine Trauerrede. Und so schloss Zögerlein mit Goethe und ließ Wenzels Geist leuchten wie die Sonne von Ewigkeit zu Ewigkeit, so dass der Pfarrer mit dem Propheten Daniel und den ewiglichen Sternen neben der Sonne verblasste.

Schüler Edelmann, der als letzter sprach, sagte nichts von der Ewigkeit. Wie bei der Witwe Tischbein redete er von dem Aussteiger, der völlig out war und den die Schüler deshalb liebten. Auch dass sie ihn nicht vergessen würden, sagte er, und als er zurückging auf seinen Platz, gab er der Witwe Tischbein die Hand.

Der Leichenzug zum Grab formierte sich nur zögernd. Schließlich ging die Witwe hinter dem Sarg, eingerahmt vom Pfarrer und dem Schüler Edelmann. Im zweiten Glied schritten Zögerlein und Frau Knöterich. Dann kamen die übrigen Lehrer und Schüler, sowie die Hausmeisterin Wurzler.

Nachdem der Pfarrer seine Rituale am Grab beendet und den Toten der Erde zurückgegeben hatte, trat die Witwe vor, um Abschied zu nehmen. Sie hatte eine langstielige Rose in der Hand, ließ sie auf den Sarg fallen und deckte sie mit drei Schaufeln lockerer dunkler Erde zu. Dann faltete sie die Hände, schaute hinunter in die dunkle Grube und blieb so mehrere Minuten stehen, ohne sich zu rühren.

„Geschmacklose Person", hatte Frau Knöterich vor sich hingesagt, als Christa die rote Rose fallen ließ, so deutlich hatte sie es gesagt, dass Oberstudiendirektor Zögerlein es verstehen musste.

Der wollte vortreten, nachdem die Witwe endlich zur Seite gegangen war, aber Frau Knöterich reagierte schneller. Sie behielt die weißen Rosen in der linken Hand, lud mit der rechten ein wenig Erde auf die kleine Schaufel und streute sie auf den Sarg. Dann ließ sie die weißen Rosen hinabgleiten, so, dass sie mit den Blüten nach oben zu liegen kamen und die Erde sie nicht beschmutzte.

Herr Zögerlein hatte den Auftritt der beiden Frauen mit dem Blick auf die Armbanduhr verfolgt. Frau Knöterich, registrierte er, hatte zwei Minuten länger vor dem offenen Grab gestanden.

Die Trauergäste verliefen sich rasch. Niemand hatte Christa Tischbein die Hand gegeben außer Edelmann.

Sie stand noch am Grab, als die Totengräber begannen, es zuzuschaufeln. Auch Margot Knöterich war zurückgeblieben. Die beiden Frauen standen schweigend zwei Schritte voneinander und sahen den Totengräbern zu.

Christa hielt das Schweigen nicht lange aus.

„Wenzel hat sich sicher über Ihre weißen Rosen gefreut, Frau Knöterich", sagte sie mit einem hilflos-naiven Lächeln.

„Tote können sich nicht mehr freuen", gab Frau Knöterich zurück, ohne auch nur einen Anflug von Freundlichkeit zu zeigen.

„Oh doch," sagte Christa. „Ich bin sicher, Wenzel sieht uns und spürt, was wir denken."

„Dann spürt er auch, wie Sie ihn verhöhnen mit Ihrer roten Rose, Sie ..."

Frau Knöterich unterdrückte ein Schimpfwort, weil einer der beiden Totengräber aufmerkte. Christa ließ sich nicht beirren in ihrer naiven Freundlichkeit.

„Wenzel weiß, dass ich es ernst meine. Er hasst mich nicht wie Sie. Da bin ich ganz sicher". Dann nickte sie Frau Knöterich zu, als sei ein Streit zwischen ihnen nicht möglich und ging dem Ausgang des Friedhofs zu.

Frau Knöterich folgte ihr in vorsichtigem Abstand, ohne sie noch einmal anzusprechen.

XXI

Hausmeisterin Wurzler war die einzige Person, die Christa Tischbein im Wochenbett besuchte. Christa lag in der Privatklinik von Professor Sahner, am Rande der Stadt, inmitten eines von alten Buchen beschatteten Parkes. Niemand sah sie dort über die Schulter an, denn sie war Privatpatientin, als Witwe eines Oberstudienrats beihilfeberechtigt, Erbin eines nicht unbeträchtlichen Vermögens und somit ein zuverlässiger Zahler.

Frau Wurzler wurde geblendet, als sie die Tür zum Patientenzimmer öffnete. Das Licht strömte ihr durch die großen Fenster entgegen. Es dauerte einige Sekunden, bis sie den schimmernden Glanz der Möbel erkennen konnte: den weiß lakkierten kleinen Damenschreibtisch mit rot bezogenem Stühlchen davor, die ebenso lackierte Schrankwand und schließlich das Bett, ein einziges Bett inmitten eines großen, hohen Raumes. Christa thronte darin, durch mehrere Kissen im Rücken halb aufgerichtet. Das Haar sorgfältig geordnet und das Gesicht rosig gepudert, blickte sie mit mütterlichem Stolz auf das Knäblein in ihrem Arm, dem sie, wie Frau Wurzler sogleich erfuhr, den Namen Johann Wolfgang gegeben hatte.

Johann Wolfgang Tischbein blinzelte Frau Wurzler aus wässrigen blauen Äuglein an und sie dachte sich, er sehe aus wie die meisten frisch geborenen Säuglinge: rot und runzlich im Gesicht mit ein paar dünnen hellen Härchen auf dem Kopf.

Um so mehr war sie erstaunt, als Christa an sie die Frage stellte, ob sie nicht auch finde, dass Johann Wolfgang dem lieben Wenzel ähnlich sehe wie aus dem Gesicht geschnitten.

Nun war Frau Wurzler durchaus im Bilde. Sie hatte das Geschehen in der Familie Tischbein aus den Tiefen der Hausmeisterei mit brennendem Interesse verfolgt. Obendrein hatte ihr Christa – auf die Solidarität der unteren Ebene bauend – gleich nach der Katastrophe ihr Herz ausgeschüttet. So fand sie die Frage völlig unangebracht und antwortete ausweichend. „In dem Alter kann man Ähnlichkeiten noch nicht feststellen", sagte sie, und: „Ähnlichkeiten sind oft zufällig wie das Würfelspiel."

Aber Christa blieb beim Thema. „Das ist kein Zufall," sagte sie. „Es gibt auch so etwas wie geistige Vaterschaft. Und warum soll sich die nicht im Gesicht des Kindes widerspiegeln? Ich jedenfalls glaube daran!"

Frau Wurzler war mehr dem Handgreiflichen, Realen zugetan. So stellte sie mit listigem Hintersinn im Blick die Frage, wie es denn dem Josef Zborowski gehe, ob er Nachricht gebe aus der Strafanstalt in Straubing.

Christa begegnete dem plumpen Zugriff auf vergrabenen Unrat mit angewiderter Miene.

„Lesen Sie selbst, Unverschämtheiten eines Unverbesserlichen, nichts als Unverschämtheiten," sagte sie und holte ein Briefchen aus der Schublade des Nachtkästchens. Frau Wurzler sah voller Bewunderung auf Josefs Handschrift, in der sich Schwung, Sinn für Proportionen und korrekte Gleichmäßigkeit vereinten.

„Liebste Christa"! las sie. „Es ist schön, dass Du mir wenigstens die Geburt unseres Sohnes angezeigt hast nach so langem, hartnäckigen Schweigen! Johann Wolfgang ist etwas hoch gegriffen, meine ich, Josef wäre auch ein schöner Name gewesen! Ich gratuliere Dir und wünsche Dir und dem Kind von Herzen alles Gute für die Zukunft. Da Du - nicht ohne meine Hilfe – den Status einer Beamtenwitwe erreicht hast, wird es Dir ja an nichts fehlen.

Ich habe mich hier eingerichtet, so gut es den Umständen nach geht. Da ich jedermann mit Höflichkeit und Zuvorkommenheit begegne, kommt auch Freundlichkeit zurück. Seit einer Woche darf ich in der Bibliothek arbeiten. Die Biblothekarin, eine Dame um die fünfzig, ist mir zugetan. Sie bringt auch diesen Brief zur Post, so dass er nicht durch die Zensur geht.

Ewig werden sie mich – bei ständig guter Führung – hier nicht behalten. Dann sind wir endlich vereint, wir beide und unser Kind, so wie wir uns das erträumt haben.

Die Vorfreude auf diesen Tag hält mich aufrecht. Schreib' mir doch bitte regelmäßig und schick' mir auch bald ein Bild von unserem Sohn.

Herzlich grüßt und küsst Dich

Dein Josef."

„Ich hab mir die Antwort schon aufgesetzt. Sie wird kurz und bündig und er weiß danach, wie er dran ist."

Christa faltete einen Zettel auseinander und las ihre Worte vor, wobei sie Schwierigkeiten hatte, in dem Gewirr der vielfach korrigierten Notizen zurecht zu kommen.

„Josef"! lautete die schmucklose Anrede. „Nach der fürchterlichen Mordtat, die Du auf Dich geladen hast, ist mir ein Leben mit Dir für alle Zeit unmöglich! Johann Wolfgang ist – laut Gesetz – der eheliche Sohn meines toten Mannes. Ich werde ihn in ehrendem Gedenken an den Toten erziehen. Du kannst dem Kind und mir nur einen Gefallen tun, misch' Dich nicht mehr in unser Leben!

Ich werde Dir künftig nicht mehr schreiben und lege auch keinen Wert auf Nachricht von Dir.
Alles Gute   Christa."

„Ist das nicht sehr hart?" sagte Frau Wurzler. „Schließlich ist er doch – ja, wie sagt man – ich meine, schließlich ist er doch der leibliche Vater von dem kleinen Johann Wolfgang. Und dieses furchtbare Verbrechen, Frau Tischbein, vielleicht hat er es wirklich aus Liebe zu Ihnen getan. Vielleicht hat er sich da einfach verrannt."
Christa richtete sich steil auf in ihrem Bett, so, als bräuchte sie die Stütze der vielen Kissen nicht mehr. „Frau Wurzler", sagte sie mit entschiedener Härte in der Stimme, „Das Kind geht allem anderen vor. Johann Wolfgang hat keinen Vater, der ein Mörder, Betrüger und Taugenichts ist. Ein solcher Vater existiert nicht, Frau Wurzler. Das sollten Sie sich merken."
Frau Wurzler schauderte und sie verabschiedete sich rasch. Dabei ging ihr durch den Kopf, dass es wohl eine gute Tat wäre, sich des Einsamen in Straubing anzunehmen. Sie beschloss, ihm bald zu schreiben. Fesch, dachte sie, fesch war der Josef eigentlich immer.
Schon wenige Wochen nach ihrer Heimkehr aus der Klinik ging Christa mit ihrem Kind regelmäßig spazieren. Sie hatte sich einen Kinderwagen der Luxusklasse gekauft, mit marineblauem Stoff bespannt und einem Fahrgestell aus blitzendem

Chrom. Ihr eigenes Äußeres stand dem des Wagens keineswegs nach. Ihr schlicht nach hinten gekämmtes Langhaar war dem gestuften Kurzschnitt eines Modecoiffeurs gewichen und ihre hausbackenen Kleider elegant geschnittenen Kostümen aus gediegenen blau oder grau grundierten Stoffen, die sie guter Beratung in einem angesehenen Modehaus verdankte. Keineswegs wandelte sie auf den einsamen Wegen ihres verblichenen Gatten. Sie wollte gesehen werden und schob ihren Kinderwagen unermüdlich durch die wenigen Geschäftsstraßen der kleinen Stadt. Ihr suchender Blick hüpfte von einer Straßenseite zur anderen. Bekannte Gesichter wollte sie entdecken und auf ihnen lesen, dass sie nicht verfemt war.

Wer sie erkannt hatte, wechselte jedoch meist die Straßenseite und ließ sich nicht auf eine Begegnung ein. So beobachtete sie zweimal die Frau des Oberstudiendirektors Zögerlein bei jähen Ausweichmanövern. Einmal sprang sie trotz dichten Autoverkehrs vom Gehsteig und ruderte durch die hupende Meute ans andere Ufer. Das zweite Mal erleichterte die Fußgängerzone die Flucht. Sie musste nur einem Skater ausweichen, um auf die sichere Seite zu kommen. Das dritte Mal aber blieb Frau Zögerlein auf der Spur, die unausweichlich auf Christas Kinderwagen zulief. Johann Wolfgang zählte bereits 10 Monate und saß aufrecht in seinem noblen Gefährt.

„Ach wie schön, dass ich Sie endlich einmal wiedersehe," flötete Frau Zögerlein und zeigte ihre Zähne, die zu gleichmäßig waren, um echt zu sein. Dann beugte sie sich über Johann Wolfgang und bezeichnete ihn als einen hübschen Jungen. Gleich danach aber kam – ohne Zögern und ohne Erröten – der Ausspruch, der Christa in ihrem Innern jubeln ließ.

„Die hochgewölbte Stirn," sagte Frau Zögerlein, „die hat er von seinem   Vater, ein echter Tischbein, ganz und gar!"

„Ja", stimmte Christa begeistert ein. „Ein echter Tischbein, das sagen alle." Frau Zögerlein musterte die Witwe mit Wohlgefallen: das gut geschnittene Kostüm, der Haarschnitt eines teuren Coiffeurs, man konnte sich mit dieser Dame sehen lassen. Da fasste Frau Zögerlein einen weitherzigen Entschluss.

„Ich hab' eine Idee, Frau Tischbein", sagte sie. „Wir haben da so einen kleinen Kreis gebildet, sechs Kollegenfrauen aus der Schule meines Mannes. Wir treffen uns jeden ersten Samstag im Monat, nachmittags, zu Kaffee und Kuchen, reihum, immer bei einer anderen Dame. Es ist ein sehr fröhlicher und unterhaltsamer Kreis. Als Witwe sind Sie sicher ein wenig einsam. Haben Sie nicht Lust, mitzumachen? Ich bin sicher, auch die anderen Damen werden Sie gerne in ihrer Mitte begrüßen!"

Jetzt errötete Christa in freudiger Erregung.

„Wenn Sie wirklich meinen, dass ich dazu passe, herzlich gerne," sagte sie schließlich und klammerte sich an den Griff des Kinderwagens, weil ihr ein wenig schwindlig wurde.

Dann verabschiedeten sich die Damen, und als sich Christa außer Sichtweite wusste, begann sie zu hüpfen wie ein junges Mädchen.

„Johann," rief sie, „Hannesle, sie haben uns aufgenommen, sie haben uns aufgenommen!" Und der kleine Johann Wolfgang juchzte über die Fröhlichkeit seiner Mutter und patschte auf das feine blaue Verdeck seines Wagens.

Ein Glück kommt selten allein. Am Nachmittag desselben Tages läutete es an Christas Wohnungstüre. Christa sah misstrauisch durch das Guckloch, denn meist waren es Hausierer, Bettler, Sammler für die Caritas oder die Zeugen Jehovas, wenn überhaupt jemand auf die Klingel drückte. Diesmal aber stand ein junger Mann vor der Tür, adrett gekleidet, mit einem Strauß bunter Frühlingsblumen in der Hand. Christa identifizierte ihn als den „Schüler" Edelmann und in diesem Moment riss sie auch schon die Türe auf, als fürchtete sie, der junge Mann könnte es sich anders überlegen und auf dem Treppenabsatz wieder umkehren. Aber Edelmann trat beherzt auf sie zu und sie spürte, dass er sie mit staunender Bewunderung betrachtete. Das ist nicht nur meine neue Frisur, dachte sie. Man merkt eben, dass ich in die besseren Kreise aufgestiegen bin. Das gibt eine ganz andere Ausstrahlung.

Edelmann war nicht mehr Schüler. Das Abitur, erzählte er, habe er erfolgreich hinter sich gebracht und jetzt studiere er Germanistik in Heidelberg. Die Eingewöhnung in einen neuen Lebensabschnitt nehme ihn ganz in Anspruch. Aber seinen verstorbenen Lehrer, den „Goethe", habe er nie vergessen. Nun in den Semesterferien bei seinen Eltern zu Hause, habe er Zeit gefunden, den Friedhof zu besuchen, und er sei gestern lange vor „Goethes" Grab gestanden.

Dort habe er auch den Entschluss gefasst, sie zu besuchen, um mit ihr ein wenig über die Zeit mit Wenzel Tischbein zu plaudern.

Bald saßen sie sich im Wohnzimmer gegenüber, nippten am Courvoisier-Cognac, lächelten ein wenig über Wenzels Schrulligkeiten, ließen ihm aber doch genügend Verehrung zukommen, so dass er auf dem Sockel neben ihnen stand als ein würdiges Denkmal.

Was ihre eigene Rolle in Wenzels Leben anlangt, so entfernte sich Christa in ihren Plaudereien zunehmend von der Wahrheit, denn sie wollte sich Edelmanns bewundernden Blick erhalten, zumal er aus sehr schönen, strahlend blauen Augen kam. Immer mehr, so flunkerte sie, habe sie Wenzels Leben mit Goethe geteilt und sei auch sein geistiger Partner geworden.

Sie führte Edelmann hinüber in Wenzels Arbeitszimmer. Dort zeigte sie ihm den Lesestuhl. Viele, viele Stunden ihrer Ehe habe ihr Wenzel dort aus Goethe vorgelesen. „Ich saß zu seinen Füßen und habe ihm gelauscht. Dies waren die glücklichsten Stunden meines Lebens."

Edelmann war sehr gerührt über dieses Bekenntnis und meinte, wie sehr Christa diese Gemeinschaft im Geiste Goethes nun fehlen müsse.

„Ja," sagte Christa. „Es war ein jäher Absturz von den Höhen des Glücks in die Tiefen der Einsamkeit. Wenzel war gerade dabei, mir die Wahlverwandtschaften vorzulesen. Wir hatten die ersten Seiten des zweiten Kapitels erreicht, als der Mörder Wenzels Stimme verstummen ließ.

Ich habe seitdem nicht weitergelesen. Es war mir einfach nicht möglich, das Buch in die Hand zu nehmen nach dem Furchtbaren, das geschehen ist. Aber jetzt, jetzt wage ich eine Bitte an Sie, Herr Edelmann. Sie als Wenzels liebster Schüler, Sie könnten seine Stimme aufnehmen und Goethes Werk in seinem Geiste weiter vortragen. Ich weiß, ich verlange viel. Aber ich kann mir nichts Schöneres vorstellen, als Sie in Wenzels Lesestuhl zu sehen, zu Ihren Füßen zu sitzen und dem Fortgang der Geschichte um Eduard und Charlotte, Ottilie und dem Hauptmann zu lauschen."

Der Student Edelmann konnte sich diesem Ansturm edlen Verlangens nicht entziehen. Nicht ohne eine gewisse Beklemmung setzte er sich in den Lesestuhl des Ermordeten und fuhr da fort, wo Wenzel zwar nicht vor seinem Tode, aber vor seiner heftigen Gallenkolik aufgehört hatte.

Christa auf dem Schemel zu seinen Füßen hörte mit Wohlgefallen, was Charlotte ihrem Eduard kundtat:

„Alle solche Unternehmungen," sagte Charlotte, „sind Wagestücke. Was daraus werden kann, sieht kein Mensch voraus. Solche neuen Verhältnisse können fruchtbar sein an Glück und an Unglück, ohne dass wir uns dabei Verdienst oder Schuld sonderlich zurechnen dürfen. Ich fühle mich nicht stark genug, dir länger zu widerstehen. Lass uns den Versuch machen!"

So langweilig ist er gar nicht, dieser Goethe, dachte Christa bei diesen Worten und schickte einen schmachtenden Blick hinauf zu Edelmann, dem Vorleser. Der löste sich für einen Augenblick von Goethe, blickte gerührt zurück und legte seine Hand begütigend auf das frisch gestylte Haupthaar der jungen Witwe.